# Élisa Sagnelonge

Élisa Sagnelonge est née en 1990 et a grandi à Bordeaux. Après des études de droit et de commerce, elle devient chargée de recrutement dans une entreprise parisienne. L'écriture a toujours été sa passion, et le Grand Prix du roman aufeminin lui a permis de sauter le pas. Son premier roman, *Une autre vie*, a paru en 2022 chez Michel Lafon.

# UNE AUTRE VIE

ÉLISA SAGNELONGE

# UNE AUTRE VIE

Michel LAFON

ISBN : 978-2-266-33472-3
Dépôt légal : mai 2023

# Première partie

Il attendait, assis dans l'herbe sèche, que le jour décline. Il aimait regarder le soleil se transformer en boule orange, immense, et embraser la ligne d'horizon. C'était un plaisir solitaire, qu'il ne partageait avec personne. Dans ces moments-là, il se sentait en connexion avec toute la nature, et l'univers ne lui apparaissait alors plus comme hostile, mais comme un tout dont, enfin, il faisait partie.

Bien sûr, il ne racontait à personne ces pensées étranges qui le dépassaient, et c'était bien la seule parcelle de sensibilité qu'il s'autorisait.

Lorsque le ciel vira au bleu sombre, il se leva ; il saisit son sac en toile et le balança sur son épaule.

Au loin, il apercevait déjà la maison, bâtisse grise et triste, qui se dressait au milieu d'une rangée de chênes un peu défraîchis. Il l'observait depuis plusieurs mois déjà, passant et repassant à proximité, sa capuche sur la tête. La demeure était ancienne, sa façade fatiguée mais qui avait dû être belle autrefois. Devant, il y avait un porche entouré d'une balustrade, qui donnait sur une large porte en bois à double battant.

Il posa délicatement son sac sur le sol et en sortit son pied-de-biche, celui qu'il utilisait depuis toujours. C'était bête, mais il en était presque venu à éprouver de l'attachement pour cet outil qui ne l'avait jamais trahi. Très silencieusement, il s'accroupit, essayant de trouver une ouverture, explorant la porte du plat de la main, accomplissant chaque geste dans un cérémonial maintes fois répété.

Lorsque la porte s'ouvrit devant lui, il eut à peine le temps d'être surpris. Il avait suffi d'une simple impulsion de son genou contre le bois pour que les battants cèdent et le précipitent dans l'entrée.

Il se leva, légèrement sonné, prêt à décamper au moindre signe de vie. Mais, dans la maison, tout était silencieux. Lorsque ses yeux se furent habitués à la pénombre qui régnait dans la pièce, il observa son environnement : le parquet massif, probablement en bois exotique, du teck peut-être ; les murs recouverts de papier peint vert émeraude, ornés de divers tableaux plus ou moins figuratifs ; et les poutres apparentes, qui conféraient à l'endroit un air de solennité, comme si aucune présence humaine n'avait été autorisée depuis des siècles. Du moins, c'est ce qu'il pensa, avant de réaliser que c'était une pensée stupide, et qu'il ne faudrait surtout pas en parler aux autres.

Il remit son sac sur son épaule et parcourut les quelques mètres qui le séparaient du salon.

La petite voix dans sa tête, celle qui lui parlait lorsqu'il faisait ses cambriolages, s'était activée.

« Ce n'est pas normal. La porte a cédé trop facilement. Ce n'est pas normal. »

Il fronça les sourcils, mais décida néanmoins d'explorer la maison. Cela faisait trop longtemps qu'il attendait, et il avait besoin d'argent.

Le salon, tout comme la cuisine attenante, se révéla décevant : il n'y trouva que quelques babioles sans intérêt, des tableaux non signés (dont il s'empara quand même, dans le doute), une vieille télévision cathodique, et quelques livres de La Pléiade qu'il fourra dans son sac.

Il regarda le jardin à travers la porte vitrée, puis décida de monter à l'étage. Il revint sur ses pas, et emprunta le large escalier en pierre recouvert d'un tapis en velours du même vert que les murs.

Il parcourut le couloir d'un pas souple et prudent, jetant des coups d'œil circulaires autour de lui. Il poussa une porte et se retrouva dans une petite pièce plongée dans le noir. Il distingua un large bureau et un canapé dont le dossier lui faisait face. Il le contourna et manqua de hurler. Quelqu'un était allongé, le visage atroce et pâle, la bouche tordue.

Il resta figé quelques secondes avant de dévaler l'escalier, son sac sur l'épaule.

# – 1 –

***Bordeaux, un an plus tôt***

Parfois, Marie semblait tellement loin qu'il lui fallait énoncer son nom en silence pour se rappeler qui elle était.

Alors, enfin, elle ouvrait les yeux, et parvenait à s'extirper de cet état dans lequel elle avait plongé, bien malgré elle.

Les médecins parlaient de crise d'angoisse, d'anxiété généralisée, et d'autres termes qu'elle assimilait simplement à son incapacité à se fondre dans la masse. Dès que le premier signe faisait son apparition – généralement, c'était son cœur qui faisait des siennes –, Marie serrait les poings et répétait son nom, inlassablement, jusqu'à ce que ce vertige insoutenable qui la précipitait vers tout ce qu'elle refusait – vers la vérité ? – cesse.

Tout irait bien. Il fallait simplement qu'elle respire. C'était ce que Paul lui disait, et elle s'exécutait, elle gardait au fond d'elle-même tout ce qui essayait désespérément de sortir. Et même si elle avait parfois l'impression de déborder, elle gardait, elle rassemblait et avançait.

Ce matin-là, elle avait été réveillée par le bruit d'une porte qui claque. Elle toucha distraitement l'oreiller à côté d'elle, se rappela que Paul allait au squash aujourd'hui et qu'il devait partir plus tôt. Elle était heureuse de pouvoir profiter seule de sa matinée, mais n'y accorda pas plus de réflexion. Comme pour le reste de sa vie, se cantonner à l'immédiateté de ses actions lui permettait de vivre ses journées relativement sereinement. Sa routine était organisée de façon quasi militaire, le temps était minuté, quantifié et proportionnel à l'importance de chaque tâche.

Marie commençait toujours sa journée par une demi-heure d'écriture. Elle enfilait son peignoir, s'asseyait à son bureau et sortait son journal. Elle préférait coucher ses idées sur le papier ; penchée sur son cahier, elle passait d'abord son doigt le long de la marge, avant de prendre son stylo délicatement, et de déverser ses pensées. Hemingway disait qu'il suffisait de saigner sur le papier. Marie avait, quant à elle, du mal à déclencher l'hémorragie. Plus les années passaient, plus ses mots se faisaient rares. Enfermées en elle, les phrases se cognaient et n'arrivaient plus à sortir.

Les quelques histoires qu'elle gardait jalousement sur son étagère n'avaient jamais trouvé preneur. Elle s'était habituée, et se complaisait dans cet entre-deux. Peut-être, un jour ?… Les espoirs avaient laissé place à des peut-être, et cette frontière entre le possible et l'impossible s'était mise à régir sa vie.

La perspective de l'anonymat ne lui étreignait plus la gorge – lorsqu'elle était étudiante, la peur de l'échec la précipitait dans le vide ; la vie était telle que la résignation semblait plus simple que tout le reste. S'habituer pour s'adapter.

Marie avait alors trouvé d'autres palliatifs. La musique, notamment. Quand elle était seule, elle mettait ses écouteurs et montait le son jusqu'à se faire mal à la tête. Ensuite… Ensuite, elle dansait. Elle levait les bras, les écartait, criait, et parcourait la pièce en courant, à cloche-pied, sur les mains. Elle faisait tout sortir, le bon, le mauvais, hurlait ; ce reste de folie ne pouvait s'exprimer que de cette façon-là, sans barrière, sans personne, au mépris de ce qui devait être.

Cet espace de liberté lui permettait de tenir, bien qu'elle ne s'en rende pas compte, car elle se pensait suffisamment épanouie dans sa vie. Après tout, elle avait un emploi stable, un mari, des amis ; elle n'avait pas d'enfants, mais n'en voulait pas. Cet effacement de soi derrière la maternité l'effrayait, et Paul semblait prêt à s'en passer.

À trente-cinq ans, elle exerçait depuis sept ans dans un lycée privé à Bordeaux ; elle enseignait le français aux élèves de seconde et de première, la littérature aux terminales. Son métier lui plaisait, dans une certaine mesure. Elle l'appréciait au moins autant que la plupart des gens, et ne se voyait plus faire autre chose. Comme le reste de sa vie, ses journées étaient rythmées par des repères connus et rassurants.

Elle abordait d'ailleurs toujours la rentrée avec un certain soulagement.

Cette année-là était spéciale : pour la première fois, elle était professeure principale. Le proviseur lui avait enfin confié une classe de seconde, après ses demandes répétées. Et, bien qu'elle ne soit pas particulièrement ambitieuse, voir ses collègues réussir ouvrait en elle une faille qu'elle était obligée de combler. Elle aussi devait l'être, c'était tout.

*
* *

Marie arriva à 8 heures devant le lycée Saint-Joseph, vaste bâtiment en briques rouges à quelques mètres seulement du Parc bordelais, qu'elle traversait à vélo. Les élèves étaient regroupés par grappes devant le portail en fer forgé gravé aux initiales de l'école. Elle en reconnut certains, et leur adressa un sourire discret en se dirigeant vers l'entrée. Puis un escalier descendait vers un rez-de-jardin où se situaient le bureau du proviseur et les salles de musique – où avaient également lieu les « temps forts », moments dédiés à des sujets choisis par le directeur. Les classes se trouvaient au niveau supérieur, entourées d'une vaste cour que partageaient les élèves du lycée et ceux du collège adjacent.

La jeune femme rejoignit sa classe et y déposa ses affaires. Elle ouvrit les fenêtres, balaya la poussière de son bureau du plat de la main. Les murs jaunis étaient recouverts d'affiches que son prédécesseur avait dû accrocher là – les enseignants changeaient de salle chaque année : cela allait d'un poster de Sting à une vieille affiche de film de la version de Zeffirelli de *Roméo et Juliette*.

Marie appréciait ces moments de solitude. Dans cette grande pièce vide, elle se sentait encore gonflée de tous les espoirs qu'elle avait nourris pendant l'été. Elle avait apporté son exemplaire de *La Plaisanterie* de Kundera, et comptait leur en lire quelques lignes pour introduire son cours. Chaque année, elle demandait à ses élèves de partager leur ouvrage préféré et de rédiger un court texte pour se présenter. Kundera n'avait encore jamais été cité et elle espérait créer des vocations.

Claire, qui enseignait l'histoire-géographie et partageait depuis toujours la classe voisine de la sienne, passa une tête par la porte.

— Marie !

La jeune femme se laissa étreindre sans bouger, et écouta distraitement le récit des amours de vacances de sa collègue.

— Mais je ne veux pas tout te raconter maintenant, je n'ai pas le temps !

Claire remit une fine mèche de cheveux bruns derrière son oreille, et tira sur sa jupe trop courte.

— Enfin, j'avais hâte de retrouver nos pauses !

Marie hocha la tête en souriant ; les histoires de Claire constituaient depuis plusieurs années le fond sonore de sa journée, et elle avait développé à son égard une sorte d'agacement mêlé de mansuétude : ses déboires fournissaient généralement de très bons sujets de conversation lors de ses dîners avec Paul.

— Tu as vu que cette année nous ne sommes plus à côté, reprit-elle. Je suis à côté de M. Perret.

Elle haussa les épaules et leva les yeux au ciel, signe évident de son mépris.

— Il n'est pas si terrible, dit Marie, un peu absente.

— Un jésuite ! Je ne risque pas de m'amuser.

Les doléances de Claire sur son futur voisin durèrent encore quelques minutes, puis elle proposa finalement à Marie d'aller prendre un café.

Le trajet permit à la jeune femme de terminer le récit de ses vacances. Marie, malgré sa lassitude, appréciait la passion que mettait sa collègue à se jeter toujours aussi vite dans des histoires sans lendemain. Elle enviait parfois cette innocence qui se traduisait par une absence totale de remise en question. La répétition d'erreurs – toujours les mêmes – lui semblait rafraîchissante.

La salle des professeurs, pièce sombre et étriquée, se composait d'une grande table carrée ainsi que de quelques chaises, toutes occupées. Lorsque Marie et Claire poussèrent la porte, une conversation animée semblait en cours.

Les professeurs s'étaient déjà réunis à plusieurs reprises en amont de la rentrée, mais le premier jour de classe avait toujours une saveur particulière. Pour Marie, cela signifiait le retour à une routine millimétrée, parfois bousculée par quelques élèves turbulents, ces derniers se contentant d'ajouter la juste dose d'imprévu.

— On vous dérange, peut-être, dit Claire en se dirigeant vers la machine à café.

Mme Lérot, la professeure d'EPS – sur laquelle pesaient plusieurs avertissements pour avoir, notamment, ordonné à une élève de faire des séries de pompes alors qu'elle se plaignait de douleurs menstruelles –, renifla d'un air de désapprobation.

— Nous parlions de Samuel, qui est encore là cette année.

— Le proviseur nous avait prévenus pendant la réunion, répondit Marie.

Les quelques enseignants présents dans la salle se retournèrent vivement vers elle.

— Ce n'est pas parce que nous sommes au courant que nous devons l'accepter.

S'ensuivirent plusieurs minutes de discussions sur les écarts de conduite dudit Samuel qui avait, l'année passée, fait preuve d'une inventivité certaine pour se faire remarquer. Il y avait eu la période « boules puantes », puis celle des chewing-gums collés un peu partout, l'apothéose ayant été la pose de plusieurs clous sur la chaise d'une voisine de classe. Cette dernière s'en était rendu compte avant de s'asseoir, et l'incident aurait pu s'arrêter là si la mère de l'élève en question n'avait menacé de porter plainte.

Un arrangement à l'amiable avait finalement été trouvé, facilité par le père de Samuel, généreux donateur de la paroisse dont faisait partie le proviseur. Ce dernier avait imposé un redoublement, des excuses publiques à l'élève concernée, mais renoncé au renvoi.

Le tollé que cette décision avait créé avait atteint son paroxysme avant les vacances d'été, quand deux enseignants avaient refusé d'accepter Samuel dans leurs cours respectifs. Et puis, le temps aidant, chacun était retourné à ses occupations, et Samuel n'était plus qu'un point de repère dans les conversations, un incontournable avant les sujets plus conventionnels (il avait fini par être, bien malgré lui, l'instigateur d'une sorte de cohésion au sein du corps professoral).

Marie écoutait la discussion, concentrée sur la cuillère qu'elle faisait tourner dans sa tasse de café. Elle observait les uns et les autres, fascinée par la passion qu'ils pouvaient mettre dans l'expression de leurs idées. Elle-même n'avait jamais réellement pris position, car elle n'avait pas eu Samuel comme élève. Cette année ne faisait d'ailleurs pas exception, et c'était bien pour cela qu'elle se gardait de faire tout commentaire : la moindre parole mal interprétée la précipiterait vers une année de silences lourds de sens et de désertion au moment de la pause.

Hélène, la professeure d'économie, se permit de rappeler que Samuel avait perdu sa mère l'année précédente : certains enseignants hochèrent la tête, tandis que d'autres firent remarquer d'une voix aigre que le deuil ne justifiait pas son comportement ; elle capitula assez rapidement, et replongea dans la contemplation morne du ciel que l'on pouvait apercevoir par la fenêtre, seul signe tangible de l'existence du monde extérieur.

Il fut finalement décidé que M. Maury – le professeur de philosophie, homme sans âge à l'éternel costume élimé – retournerait parler au proviseur.

Une fois la décision prise, chacun se dispersa et l'harmonie presque palpable qui avait régné l'espace de quelques minutes se dissipa aussi vite.

L'année pouvait commencer.

Claire, qui s'était contentée de hocher la tête en buvant son café, prit le bras de Marie en sortant de la salle.

— Encore une année difficile pour ce pauvre Samuel, dit-elle alors.

Elles marchèrent quelques instants en silence, faisant des signes de la main aux élèves qu'elles croisaient.

— Une année de plus, chuchota Marie.

Mais Claire n'avait pas entendu, et lorsqu'elle arriva devant sa salle, elle confirma simplement qu'elle la retrouverait pour déjeuner.

Marie s'assit un moment à son bureau. Il était 8 h 45, les premiers élèves commençaient à attendre devant la porte. Elle repéra quelques visages connus – les redoublants – et observa ceux qu'elle ne connaissait pas encore. Elle attendit quelques minutes, le regard dans le vague, le corps en tension. On pouvait l'apercevoir à travers la vitre qui donnait sur le couloir, elle essayait donc de donner l'impression la plus favorable possible. Enfin, elle se leva et ouvrit la porte.

— Bonjour à tous !

Un brouhaha indistinct lui répondit, couvert par le bruit des chaises et des sacs que l'on ouvre.

Elle observa un moment sa classe, celle qu'elle devrait guider pour l'année à venir, et cette pensée réussit presque à l'émouvoir. Lorsque tous les élèves se furent assis, elle prit quelques instants pour les dévisager, un à un, profitant de la rupture du groupe pour dessiner leurs contours.

Elle se concentrait généralement sur ceux du fond, et remarqua une jeune fille aux cheveux châtains qui avait les yeux tournés vers le sol. Un exemplaire de *La Plaisanterie* de Kundera était posé sur son bureau.

— Bien, tout le monde est installé ?

Encore une fois, un brouhaha indistinct, ponctué parfois de phrases semi-construites.

Marie se présenta et écrivit son nom sur le tableau, les regards lourds de sa classe dans son dos. Elle remarqua qu'elle n'avait pas écrit droit, s'empara du chiffon avec l'intention d'effacer et de recommencer, mais s'en abstint.

Elle n'aimait révéler aucun signe de faiblesse : l'ascendant qu'elle avait sur ses élèves lui donnait une confiance qu'un rien pouvait briser. Elle devait donc rester attentive.

Après avoir fait l'appel, elle demanda aux élèves d'écrire leur nom sur une feuille pliée en deux et de la mettre sur leur table.

— Le temps que l'on apprenne à se connaître, vous et moi.

Elle leur déclara qu'elle les tutoierait, non par manque de respect mais par envie de proximité ; elle passa ensuite dans les rangs, associant mentalement leur visage au bout de papier devant eux.

La jeune fille au livre de Kundera s'appelait Jade. Quand Marie passa près d'elle, cette dernière s'absorba de nouveau dans la contemplation de ses chaussures.

— C'est mon écrivain préféré aussi, dit-elle en s'arrêtant à sa hauteur.

La jeune fille leva soudain deux grands yeux bleus vers elle.

— Kundera m'a sauvé la vie, répondit-elle de but en blanc.

En parlant, elle s'était animée : ses joues rosirent, et ses yeux se teintèrent de vert. La passion qu'elle avait mise dans sa réponse interrompit les rires qui avaient commencé à monter dans les rangs. Chacun se tourna vers elle, mais sans animosité, si bien qu'elle se sentit autorisée à continuer.

Elle expliqua que chacun des livres de Kundera lui avait appris quelque chose sur l'existence ; et que tout le monde devrait le lire. Ce à quoi la classe répondit par un soupir collectif.

— Tu as lu tous ses romans ?

Jade haussa les épaules.

— Oui.

— Intello !

Enfin, la parenthèse dans laquelle Jade avait mis la classe se referma. Chacun y alla de son commentaire jusqu'à ce que Marie coupe court à la clameur vague qui montait des rangs en regagnant son bureau.

Le reste du cours se passa sans accroc. Des protestations émergèrent cependant quand elle leur demanda un essai pour le mercredi suivant : un texte pour se présenter, peu importait la forme.

Elle y répondit comme les années précédentes : en leur précisant que c'était obligatoire, et que toute abstention se solderait invariablement par un zéro. Elle affronta le regard de plusieurs élèves sans ciller, jusqu'à ce que l'ensemble de la classe capitule et sorte de la salle.

Elle s'assit à son bureau et attendit que la jeune fille aux yeux bleus passe devant elle, son sac sur l'épaule.

— Jade, c'est ça ?

Hochement de tête, sourire gêné.

— Je suis désolée pour tout à l'heure, murmura Jade. Je n'ai pas voulu paraître *prétentieuse*, ou quoi que ce soit…

— Qu'est-ce qui te fait croire que je te trouve prétentieuse ? On t'a dit que tu étais intello, reprit Marie. Ne le prends pas comme une insulte. Tu devrais en être fière. Je pense que la plupart de tes camarades ne peuvent pas en dire autant, du moins pour l'instant.

Jade haussa encore les épaules, visiblement mal à l'aise.

— Et puis Kundera est un auteur que j'admire énormément. As-tu lu son recueil de nouvelles ?

La jeune fille fut surprise, et secoua la tête.

— Écrit en 1968 alors qu'il vivait en Bohême, *Risibles Amours*. Je pense que cela devrait te plaire. Tu peux le trouver au CDI.

Jade se tourna vers elle, les yeux illuminés par un sentiment nouveau, de la joie peut-être, ou au moins la certitude naissante d'une possible connivence entre elles.

*
* *

Paul rentra à 21 heures. Il posa sa sacoche dans l'entrée, avant de se laisser tomber sur le canapé. Marie l'attendait dans la cuisine, assise à la petite table en bois où ils prenaient leur petit déjeuner.

— Tu ne me dis pas bonjour.

Marie avait protesté par habitude plus que par conviction, et lorsque Paul se leva pour lui déposer un baiser fade sur les lèvres, elle ne réagit pas. Elle avait même un instant hésité à détourner la tête.

Elle repensait aux mots de Jade, « Kundera m'a sauvé la vie », et à ce qu'elle avait vu dans ses yeux, dans ses gestes. La phrase tournait en boucle dans sa tête, sans qu'elle puisse réellement se l'expliquer. Il y avait quelque chose dans l'attitude de la jeune fille, dans cette tranquille assurance masquée sous une certaine fragilité, qui la toucha.

Elle se demanda, alors qu'elle apportait à Paul un plat réchauffé au micro-ondes, si elle-même aurait été capable d'une réaction similaire. La plupart du temps, elle avait l'impression de n'être que les pièces désorganisées d'un puzzle ; se rassembler réclamait un effort qu'elle ne prenait plus la peine d'effectuer.

La soirée se passa comme toutes les autres. Marie et Paul mangèrent en silence, avant d'aller s'asseoir ensemble sur le canapé Ikea, seul vestige des débuts de leur relation. Marie se souvenait encore de leur emménagement, et de la première fois qu'ils avaient fait l'amour dans leur appartement.

La routine qui s'était installée entre eux ne la gênait pas. Il semblait *normal* que la relation évolue, et cette normalité correspondait à l'image que Marie se faisait du déroulement de sa vie.

Seulement, en repensant à la manière dont Jade lui avait répondu, quelque chose en elle s'était réveillé, elle ne savait pas encore quoi.

— J'ai rencontré mes élèves, aujourd'hui.

Marie fut prise d'une irrépressible envie de parler. Peut-être que l'évocation de Jade et de Kundera lui permettrait de mettre des mots sur les sentiments contradictoires qui l'assaillaient. Mais Paul se contenta de lui prêter une oreille distraite, et ne fit pas de commentaires.

Il partit se coucher le premier. Marie resta un moment dans le salon, la tête entre les mains.

Elle hésitait à écrire, à coucher sur le papier tout ce qui se passait en elle.

Pourtant, à son bureau, c'était la même lutte : ce qu'elle ressentait était attaché à elle, et s'en débarrasser signifiait le dénaturer d'une manière si absolue que, une fois écrit, il ne restait plus rien. Seules quelques remarques pouvaient être intéressantes, mais auraient mérité une réécriture.

Épuisée, Marie rangea soigneusement ses carnets dans le petit secrétaire qu'elle gardait à côté de la bibliothèque, avant de rejoindre Paul dans leur chambre.

Ce dernier avait éteint la lumière, mais ne dormait pas.

Elle se glissa à ses côtés et se colla contre lui. Le contact de son corps la rassura, mais ne l'apaisa pas.

— Tu dors ?

Elle posa la main sur son torse, et il répondit en la pressant contre lui.

— Non, pas encore, chuchota-t-il.

Il se tourna vers elle et souleva son tee-shirt ; ses mains étaient froides, et son corps contre le sien n'avait plus cette douceur presque féminine qui l'excitait au début de leur relation. Elle ne voyait plus maintenant qu'un corps blanc et glabre, et c'était seulement dans le noir – où son imagination prenait le relais – qu'elle aimait encore faire l'amour.

Il la déshabilla assez vite, mais alors qu'il se mettait sur elle, elle sentit son cœur s'emballer, et une angoisse diffuse serrer sa gorge.

Elle le repoussa, et le chevaucha. Quand il se releva pour l'embrasser, elle lui mordit la lèvre.

— Mais qu'est-ce que tu fais ? !

Paul ralluma, et se leva brusquement. Du sang avait coulé sur les draps.

Il saisit un mouchoir et le plaqua contre sa bouche, il était face à elle mais ne la regardait pas.

— Je suis désolée, dit Marie.

Elle se leva à son tour et s'enferma dans la salle de bains, où elle se tint, très droite, devant le miroir. Son cœur battait jusqu'à l'étourdir, et la sensation familière de flottement – la sensation de n'être que spectatrice de son propre corps – s'empara d'elle et l'obligea à presser ses mains contre le lavabo.

En se regardant, elle eut l'impression de voir deux visages, et que jamais elle ne pourrait les réunir.

# – 2 –

Marie et Paul n'avaient pas reparlé de la soirée. Le lendemain, il lui avait simplement envoyé un message pour la prévenir qu'il dînerait avec quelques collègues dans un restaurant du centre-ville. C'était sa manière à lui d'éviter le conflit, et Marie lui en était reconnaissante.

Elle n'avait pas envie de revenir sur ce qui l'avait poussée à sortir autant d'elle-même. Cet état de transe dans lequel elle s'était laissé emporter l'avait quittée à la minute où elle avait aperçu le sang sur les draps.

Lorsqu'elle était revenue se coucher, Paul avait quitté la chambre. Il avait passé la nuit sur le canapé du salon, et quand elle lui en avait fait la remarque au réveil, il avait éludé.

— Tu n'étais pas dans ton état normal.

Marie n'avait pas su quoi lui répondre, après tout, que pouvait-elle dire ? Elle-même ne comprenait pas totalement ce dédoublement soudain, cette faille qu'elle n'avait pas su maîtriser.

Elle avait eu envie d'autre chose. Et ce sursaut, d'une violence surprenante, l'avait conduite à mordre

Paul. Comme si toutes ces pièces qui la constituaient, en se réunissant, avaient détruit les barrières qu'elle avait réussi à construire.

D'une journée à l'autre, son humeur et sa perspective des événements pouvaient changer de façon si drastique que son comportement de la veille lui semblait incompréhensible.

En repensant à la morsure, c'était à une autre qu'elle pensait.

*

* *

Marie rejoignit Claire à la cafétéria du lycée. Les tables du fond étaient réservées aux enseignants et étaient séparées des élèves par de larges panneaux en bois.

La jeune femme posa son plateau devant celui de sa collègue, avant de s'asseoir à son tour.

— Tu en as mis, du temps.

— Mon dernier cours s'est éternisé.

Les deux femmes parlèrent brièvement du niveau général qui ne cessait de baisser, des coupes budgétaires et du programme de cette année.

Claire enchaîna assez rapidement sur ses derniers rendez-vous amoureux, se lamentant du peu d'hommes *normaux* qu'elle rencontrait.

— Tu en as, de la chance, toi, avec Paul.

Marie ne sut quoi répondre. Elle repensait au sang sur les draps, et au visage de Paul quand il l'avait regardée. Comme s'il ne la connaissait plus. Est-ce qu'il allait la quitter ? Elle essaya de s'imaginer sans lui et la pensée – vertigineuse – de sa propre solitude lui donna un haut-le-cœur.

Elle n'était pas prête à abandonner le statut que lui conférait son couple. Se retrouver dans la situation de sa collègue ? Inconcevable.

— Peut-être que tu devrais éviter les sites de rencontre.

Claire soupira.

— Mais où veux-tu que je rencontre des *gens* ? Je passe ma vie dans un lycée.

Son regard se perdit dans le vague quelques instants. Pendant ce moment – très bref – où Claire s'oublia, Marie aperçut dans ses yeux une tristesse si profonde qu'elle en fut gênée.

Elle aimait Claire parce qu'elle se figurait que les choses glissaient sur elle : il était réconfortant d'avoir ce phare dans la tempête. Cette intrusion dans son intimité la mettait mal à l'aise.

— Paul n'aurait pas des amis à me présenter ?

La jeune femme s'était remise à sourire.

— Si… Enfin, peut-être. Je lui demanderai.

— Promis ?

— Bien sûr.

Claire parla encore un peu de ses vacances à Quiberon, et de cet homme qu'elle avait rencontré à la plage. Ses étés étaient ponctués de ce type d'expérience manquée, et sa persévérance finissait par la rendre touchante. Elle avait une façon de parler, sans fard, qui la rendait très appréciée de ses élèves. Elle s'investissait d'ailleurs énormément dans les activités et autres événements de la vie associative du lycée, et s'était donnée corps et âme pour que Samuel ne soit pas renvoyé.

Pour Marie, Claire était une partie nécessaire de sa routine ; la voir si présente dans son quotidien avait fini par lui donner un sens.

— Café ?

Claire s'était levée et se dirigeait vers la sortie. Marie la suivit et elles passèrent une vingtaine de minutes à discuter dans la cour, tandis que les élèves marchaient d'un pas lourd vers l'intérieur du bâtiment.

Elle aperçut Jade devant l'allée qui menait au gymnase, elle fumait une cigarette mais personne ne la remarquait. Elle portait un sweat-shirt trop grand, informe, et ses cheveux tombaient en rideau devant ses yeux.

Quand elle croisa enfin le regard de Marie, elle se retourna et éteignit sa cigarette.

— Tu viens ?

Claire posa la main sur son bras.

— Tu n'as pas entendu la sonnerie ?

La jeune femme haussa les épaules et accompagna sa collègue vers les salles de cours. Des dessins avaient été accrochés aux murs, mais il était difficile de déterminer ce qu'ils représentaient. Claire en fit la remarque en riant, avant de rejoindre ses élèves.

Marie commença l'après-midi avec sa classe de terminale, et passa l'heure à analyser la scène d'ouverture de *La Chartreuse de Parme*. Elle expliqua comment Stendhal avait rédigé son roman en cinquante-deux jours, parla de son immense capacité de travail. L'attention enfin captée de ses élèves la rasséréna. Elle aimait sentir leurs regards quand elle faisait son cours.

— Vous pensez qu'on peut écrire aussi vite ?

Un élève venait de lever la main.

— Oui, oui bien sûr. Pourquoi ?

— Je ne sais pas… J'aime bien écrire aussi, mais rédiger un roman en si peu de temps… Ça me semble impossible. Vous y arrivez, vous ?

Marie lui sourit.

— Nous ne sommes pas tous de futurs Stendhal.

— Mais, est-ce que ça vaut le coup d'écrire justement, si je... Enfin, si on n'est pas un futur Stendhal ?

Elle hésita un moment.

— Oui... Oui, je pense que ça vaut le coup.

Elle ajouta qu'écrire n'était jamais vain et qu'à la fin, seul le plaisir que cela leur procurait comptait vraiment. En s'entendant parler, elle se vit, seule au milieu de ce flot d'adolescents, et se trouva ridicule.

*

* *

Jade fut la dernière à entrer dans la classe. Elle attendait devant la salle, appuyée contre le mur. Elle lisait et ne consentit à ranger son livre que lorsque Marie lui en fit la remarque.

— Tu comptes passer l'heure ici ?

La jeune fille ne répondit pas, elle haussa les épaules et se dirigea vers sa table. Marie la regarda, décontenancée, consciente que l'ensemble des élèves s'étaient tournés vers elle. Elle décida de la changer de place, et Jade s'exécuta sans même lui jeter un regard. Quand elle leva enfin les yeux, Marie n'y décela pourtant aucune animosité.

— Bon... reprit-elle, la voix légèrement tremblante. Est-ce que vous avez tous préparé quelque chose pour aujourd'hui ?

La plupart des élèves hochèrent la tête et posèrent leur rédaction devant eux. Elle vit que Jade avait également sorti une feuille de son sac.

— Vous allez, chacun à votre tour, vous lever et lire votre texte devant vos camarades.

Elle avait mis en place cet exercice l'année dernière, car elle voulait que chacun puisse ressentir le poids des mots ; et puis, elle aimait accompagner les timides, les introvertis. En les poussant dans leurs retranchements, c'était elle-même qu'elle aidait.

Un élève se leva, il était très grand mais avait le menton complètement rentré dans les épaules. Marie passa derrière lui et, doucement, lui fit signe de se redresser. Il la regarda, un peu ahuri, mais s'exécuta.

Il prit plaisir à lire à haute voix. D'ailleurs, malgré la médiocrité de l'ensemble, il sut mettre des respirations là où il le fallait, et insista avec beaucoup de justesse sur les quelques phrases élégantes qu'il avait réussi à caser dans sa rédaction. Quand la classe applaudit, il resta debout, très droit, et sourit.

Ce premier succès encouragea la classe à jouer le jeu : chacun, à tour de rôle, se leva et lut son texte.

Jade finit par lever la main, elle tenait une feuille froissée et couverte de ratures. Elle resta un moment debout, à regarder les élèves autour d'elle. Elle se mit à lire lorsqu'elle croisa le regard de Marie.

— Mon nom ne m'appartient plus, dit-elle, à voix très basse.

*Les feuilles sont orange et jaunes et brillantes,*
*Elles craquent sous mes pas et bruissent et je ne sais plus quoi encore car*
*C'est de toi que je rêve mais*
*Mon nom ne m'appartient plus.*

*Je sens dans mon cœur une lumière*
*Une lueur vacillante et fuyante*
*Il suffira de souffler pour l'éteindre car*
*Mon nom ne m'appartient plus.*

*Ma peau me brûle et mon corps, inerte,*
*Me semble inutile et laid*
*Maintenant que tu es parti car*
*Mon nom ne m'appartient plus.*

*De tes lèvres je n'attends plus rien*
*Seulement, peut-être, que tu les entrouvres*
*Ne serait-ce qu'une seule fois,*
*Car c'est à toi maintenant que mon nom appartient.*

Quand elle eut fini, elle prit une grande inspiration, et se rassit. Un silence épais s'était emparé de la classe : tous la fixaient, et personne ne songea à applaudir. Le voisin de Jade, David, lui fit remarquer que son poème ne rimait pas, et les rires déclenchèrent, enfin, quelques applaudissements timides.

— Moi, j'ai beaucoup aimé.

Une jeune fille rousse se retourna, elle s'appelait Chloé et avait écrit un poème, elle aussi.

Petit à petit, plusieurs élèves la félicitèrent. Le visage de Jade s'illumina, et elle sourit jusqu'à la fin du cours. Ce début de reconnaissance l'avait transfigurée. On devinait, derrière la jeune fille timide, une force et une volonté certaines.

Marie se dit, non sans mélancolie, que Jade, à cet instant, avait été *pleinement elle-même*. C'était une sensation qu'elle-même ne connaissait pas, elle aurait tout donné pour la connaître.

Quand la sonnerie marqua la fin de la journée, les élèves se déversèrent par flots dans le couloir.

Jade attendit que la classe soit vide pour aller voir Marie. Elle s'excusa pour son comportement, et la jeune fille timide du début était revenue, avec ses yeux baissés et ses phrases hésitantes.

Elle lui dit qu'elle avait beaucoup aimé l'exercice, et lui demanda, anxieuse, ce qu'elle avait pensé de son texte.

— Je l'ai trouvé très bien, répondit Marie.

Elle la regarda, debout devant elle qui se tordait les mains, et eut envie de la prendre par les épaules.

— C'était un très beau texte, répéta-t-elle. J'ai été très touchée. Tu aimes écrire ?

— Oh oui… Oui, je ne fais que ça…

Elle bégaya un peu, et rentra dans des détails confus sur ce besoin *vital* qu'elle ressentait.

— Je voulais aussi vous remercier, pour le recueil de nouvelles de Kundera.

— J'ai vu que c'était ce que tu lisais devant la salle. En revanche, la prochaine fois, si tu pouvais entrer en classe sans que j'aie à te le demander…

Jade se confondit en excuses, et elle avait l'air si sincère, avec ses yeux bleus délavés, que Marie la rassura en posant, délicatement et brièvement, sa main sur son bras.

Elles parlèrent ensuite de littérature et de leurs auteurs préférés. Comme Marie, Jade adorait Faulkner, et puis Kerouac, et sa liberté féroce qui donnait envie de tout plaquer.

— J'aimerais tellement, moi aussi, prendre le train et ne m'arrêter qu'en Californie…

Jade regarda un moment dans le vague.

— Je suis contente de vous avoir parlé, dit-elle enfin. Je vous promets de ne plus lire après la sonnerie.

Elle la quitta sans un mot, pendant que sa professeure rangeait ses affaires et effaçait le tableau.

Quand la jeune fille partit, Marie resta seule dans sa salle de classe, laissant résonner en elle les mots de Jade. Elle se fit la réflexion que parfois, elle aussi avait l'impression que son nom ne lui appartenait plus, bien qu'elle ne comprenne pas encore totalement ce que Jade avait voulu dire. Elle avait, sans qu'elle puisse encore se l'expliquer totalement, *ressenti* le poème de la jeune fille. Comme une connexion de pensées, qui aurait représenté son propre état qu'elle n'avait jamais pu définir.

*

* *

Paul avait invité des collègues à dîner, et quand elle lui fit remarquer qu'il ne l'avait pas prévenue, il se contenta de hausser les épaules. Il avait oublié, probablement, mais maintenant qu'ils étaient là, il n'allait pas leur demander de partir, si ?

— Bien sûr que non.

Marie posa ses affaires et alla les rejoindre dans le salon. Elle reconnut Antoine et Louis, ingénieurs comme Paul, ainsi que Clara, la femme d'Antoine. Elle ne les aimait pas particulièrement, mais leur sourit chaleureusement et leur apporta la bouteille de Lillet qu'ils gardaient spécialement pour les invités.

Quand elle se mit en cuisine, Clara la rejoignit et s'accouda au plan de travail.

— Je les ai laissés entre hommes, glissa-t-elle en prenant une cigarette.

Elle l'alluma en murmurant « Je peux ? », alors qu'elle la tenait déjà entre ses lèvres. Elle portait un rouge à lèvres très intense, qui faisait des marques épaisses sur le bord de son verre.

— Leurs conversations sont assommantes, continua-t-elle en expirant des volutes de fumée.

Marie ne répondit pas et ouvrit l'unique fenêtre qui donnait sur la cour de leur immeuble. Elle aperçut leur voisine du rez-de-chaussée, une étudiante en arts plastiques qui lisait sur un banc. Elle la regarda un moment, avant de saisir un paquet de pâtes dans un placard.

— Tu crois que ça suffira, un seul paquet ?

Clara hocha la tête, ce que Marie interpréta comme un signe d'ennui certain. Elle détestait ce genre de proximité forcée. Elle connaissait très peu Clara et n'avait pas grand-chose à lui dire, cependant le silence qui les séparait commença à lui peser, alors elle se mit à parler, de tout, puis de n'importe quoi, et cette volubilité nouvelle l'empêcha de surveiller les pâtes, qui accrochèrent au fond de la casserole.

Ils finirent par commander italien au restaurant du coin de la rue.

— Comment se passe la rentrée, alors ?

Antoine s'était tourné vers elle. Il avait une main posée sur celle de Clara, et leurs épaules se touchaient. Marie envia cette complicité et lança un regard à Paul, qui s'était assis en bout de table.

— Bien, je crois, répondit-elle.

— Mais tu n'écrivais pas ? Enfin, cela fait un moment qu'on ne s'est pas vus. Peut-être que tu as arrêté. C'est comme moi, poursuivit Clara.

Clara écrivait des histoires sentimentales qu'elle publiait sur Internet. Elle en tirait un petit revenu, ce qui l'avait poussée à changer son titre sur les réseaux sociaux. Elle était désormais « écrivaine, créatrice d'histoires ».

— Non, non, la coupa Marie. J'écris toujours.

— Et tu continues à vouloir te faire publier ?

— Oui…

Clara enchaîna sur les avantages de se publier soi-même, fit une tirade sur le piston qui régnait dans ce milieu, avant de terminer sur la preuve accablante de son talent : le nombre de ses lecteurs virtuels.

Paul sentit le désarroi de Marie et proposa à ses collègues une partie de cartes pour lui venir en aide et changer de sujet.

Après le départ de leurs invités, il la rejoignit dans le lit et lui prit la main.

— Tu sais que Clara n'a pas voulu être désagréable.

— Ah bon.

— Mais non. Elle voulait seulement te donner un conseil.

— D'accord.

Elle regarda un moment le plafond et se mit à pleurer sans vraiment s'en rendre compte.

Ses sanglots signèrent la fin de leur éloignement, et elle s'endormit dans les bras de Paul.

# – 3 –

Un événement vint troubler ce début d'année, et rapprocha Jade et Marie.

Quelques semaines après la fin du mois de septembre, la façade du lycée côté cour fut taguée. C'était une phrase vulgaire, obscène, qui comportait de plus – comme le fit remarquer, non sans une certaine ironie, le proviseur – plusieurs fautes d'orthographe.

Très vite, Samuel fut accusé et avoua, les larmes aux yeux. Il demandait simplement qu'on ne le renvoie pas et impliqua plusieurs de ses camarades, dont Jade.

— Tu y crois, toi ?

Claire s'était, elle aussi, beaucoup attachée à l'adolescente. Elle avait demandé à Marie d'aller parler au proviseur.

— Je ne crois pas qu'elle ait participé, continua-t-elle. Déjà, les fautes d'orthographe. Tu seras d'accord avec moi pour admettre que Jade aurait été incapable d'en faire autant.

Marie se leva pour aller se refaire un café.

Les deux femmes étaient seules dans la salle des professeurs et regardaient ensemble par la fenêtre.

Octobre était particulièrement gris, et une pluie dense s'abattait sur la cour.

— Oui, oui bien sûr, répondit Marie d'une voix faible.

Elle s'était disputée avec Paul ce matin-là et avait du mal à se concentrer.

— La question, poursuivit Claire, c'est de savoir pourquoi elle le couvre. Tu les as déjà vus ensemble, toi ?

— Non, jamais. Jade est très solitaire.

Ces dernières semaines, Marie avait passé plusieurs pauses à discuter de littérature avec la jeune fille ; elle avait hésité plusieurs fois à lui demander si elle n'avait pas des amis à rejoindre, mais s'était abstenue, soucieuse de maintenir ce lien entre elles.

— Je ne crois pas les avoir jamais vus discuter, reprit Marie.

— C'est bien ce que je pense. Il faudrait que tu ailles lui parler, tu ne crois pas ? Enfin, que tu profites de vos discussions pour lui en glisser un mot. Je pense qu'elle a beaucoup de potentiel… Ce serait dommage qu'un incident comme celui-ci figure dans son dossier.

Marie acquiesça, mais avait l'esprit ailleurs. Dernièrement, ses relations avec Paul s'étaient détériorées sans qu'elle puisse rien y faire. Les longues discussions qu'elle essayait d'avoir avec lui n'aboutissaient à rien. Et lorsqu'il lui répondait, elle ne savait plus quoi lui dire.

— Marie ?

La jeune femme finit son café, amer et trop sucré.

— J'irai lui parler, oui.

Elle profita d'un moment entre deux cours pour aller trouver Jade au CDI. Cette dernière y passait généralement tout son temps libre.

La jeune fille était assise en tailleur entre deux rayonnages. Elle avait attaché ses cheveux, et paraissait presque jolie, avec sa bouche ourlée et ses grands yeux bleus. Marie ne l'avait jamais remarqué, jusque-là.

— Jade ?

Jade sursauta, mais sourit à la vue de Marie.

— Bonjour, madame Thomas.

Elle parlait toujours d'une voix très basse, presque comme un murmure. Marie en fut énervée, sans savoir réellement pourquoi.

— Je viens de parler avec Claire, dit-elle en s'accroupissant à côté de Jade.

— Ah.

Elle haussa les épaules et baissa les yeux vers son livre.

— Apparemment, tu aurais tagué le mur de l'école avec Samuel.

— Apparemment, oui.

— C'est bizarre, non ? On ne t'a jamais vue avec lui avant.

— …

Marie se releva et s'adossa au mur derrière elle. Jade resta résolument assise, son livre serré contre elle.

— Tu ne veux pas me parler.

— Si… Seulement, je n'ai pas envie de discuter de ça. Il n'y a rien à dire.

— Pourtant, tu risques d'être suspendue. Je crois que le proviseur voulait convoquer ta mère.

Enfin, Jade leva les yeux.

— Ce ne sera pas nécessaire.

— Vraiment ? Mais c'est la procédure, Jade. Si tu ne contestes pas les accusations de Samuel, ta mère sera prévenue.

Marie attendit un moment et finit par s'asseoir à côté de la jeune fille. À l'évocation de sa mère, celle-ci s'était totalement refermée sur elle-même : les épaules rentrées, le menton baissé, elle ressemblait à une forteresse imprenable.

— Qu'est-ce que tu lis ?

Jade ne répondit pas, elle se contenta de lui montrer la couverture, qui représentait un visage flou.

— *Le Liseur*. Très bon choix.

Marie enchaîna sur d'autres romans du même auteur, et lui demanda si elle avait vu le film. Elle attendit patiemment que la jeune fille sorte du mutisme auquel il était si difficile de l'arracher.

Alors, enfin, quand Jade sourit, elle se rapprocha d'elle.

— Je pense que tu devrais aller trouver M. Le Drac et lui expliquer ce qu'il s'est réellement passé.

Jade hésita un moment, puis referma son livre.

— Je ne vois pas pourquoi vous vous souciez de moi. J'aimerais qu'on me laisse tranquille.

Elle quitta le CDI sans un regard pour elle.

*

* *

M. Le Drac était un homme massif d'une cinquantaine d'années. Il avait été nommé proviseur après le décès brutal de son prédécesseur, et assurait son rôle avec un immobilisme tranquille. Il souriait beaucoup, serrait des mains, faisait des discours qui se voulaient inspirants. Il parlait météo à la machine à café, montrait des photos de ses enfants. Chacun l'appréciait et il était, finalement, impossible de ressentir une quelconque animosité à son égard.

Cependant, jamais il ne prenait la défense d'un élève ni ne s'investissait comme Claire dans les activités extrascolaires : il était là, droit et statique, comme un épouvantail souriant que l'on aurait placé devant le lycée.

Marie savait qu'il serait difficile de parler de Jade, toute prise de position lui était désagréable.

Il la fit cependant entrer dans son bureau et lui offrit un café.

Elle laissa passer les formalités d'usage, écouta distraitement les quelques anecdotes sur ses enfants et hocha la tête lorsqu'il lui parla de Paul.

— On ne l'a pas vu depuis un moment, dit-il d'un air affable. Il faudrait que l'on organise un repas, comme il y a deux ans.

Marie promit d'y réfléchir et posa sa tasse vide à côté d'elle.

— Je suis venue pour une raison bien précise, Francis. Je voudrais que l'on parle de Jade.

Il hocha la tête, visiblement mal à l'aise.

— C'est que… Elle refuse de donner sa version des faits.

Il lui expliqua alors que Jade avait, depuis le début de l'histoire, gardé le silence. Elle n'avait adressé la parole à personne, et ne semblait pas non plus parler à Samuel.

— Je vois bien que vous êtes, avec Claire, très attachée à cette élève.

— C'est juste que nous trouvons peu probable que Jade Cléant ait été en relation avec Samuel. Ils ne se parlent jamais, ou alors en de très rares occasions, peut-être. Je vous demande simplement de ne pas convoquer sa mère tout de suite. J'aimerais découvrir pourquoi elle garde le silence.

— J'ai déjà convoqué le père de Samuel... Qui est persuadé que son fils n'a pu agir seul.

— Peut-être. Mais il me semble que Samuel n'a eu besoin de personne jusqu'à présent pour agir, non ?

Il baissa brièvement les yeux.

— Très bien.

Marie quitta son bureau et se dirigea vers sa salle de classe. Elle aperçut Jade qui l'attendait à l'intérieur. La jeune fille s'était assise sur le coin d'un pupitre et se rongeait les ongles.

Elle se leva quand elle aperçut Marie.

— Je suis venue m'excuser. Je vous ai vue entrer dans le bureau de Le Drac.

Elle semblait au bord des larmes.

— Je lui ai demandé un sursis. Je voudrais comprendre.

Jade se mit à pleurer et s'essuya le visage d'un revers de manche. Enfin, elle s'expliqua. Elle avait surpris Samuel et n'avait pas voulu le dénoncer parce qu'il lui avait parlé de sa mère, et elle, de son père qu'elle ne voyait plus. Ils ne discutaient jamais, mais il s'était ouvert à elle un soir, pendant l'heure d'étude.

En parlant, elle se tenait très droite, très tragique, et cette manière qu'elle avait de se prendre au sérieux la rendait émouvante. Elle ressemblait à une héroïne romantique, avec ses cheveux bouclés et les cernes bleus qui lui creusaient les yeux.

Marie lui tendit un mouchoir avant de la prendre dans ses bras. Elle avait remarqué le corps frêle qui flottait dans le tee-shirt large, les cheveux devant les yeux, et tous ces signes de mal-être si évidents l'avaient émue. Elle s'était revue, quinze ans plus tôt, noyée dans une masse d'élèves qu'elle n'avait jamais réussi à comprendre. La solitude de Jade, sa fragilité faisaient écho aux siennes.

Lorsqu'elle s'écarta de la jeune fille, très doucement, celle-ci lui lança un regard plein de reconnaissance. Elle fouilla dans son sac, et lui tendit une feuille froissée.

— C'est mon poème, glissa-t-elle dans un souffle. Je l'ai recopié pour vous.

*
* *

Marie sortit du lycée et trouva Claire qui l'attendait devant les grilles. En l'apercevant, la jeune femme lui fit un signe de la main.

— La suspension de Jade a été annulée !

Elle fut si heureuse de cette nouvelle qu'elle manqua de trébucher en traversant la rue.

— Tu as bien fait d'aller lui parler, continua-t-elle.

— Oui... Je suis contente que cette histoire soit terminée. Et puis, je ne sais pas... Cela avait l'air si important pour elle, que l'on ne prévienne pas sa mère...

— Oui, peut-être. J'ai cru comprendre qu'elle était aide-soignante et qu'elle ne la voyait pas beaucoup. Ce qui la rend d'autant plus méritante.

Marie acquiesça.

— Une jeune fille si brillante, reprit Claire. Elle a rédigé un texte magnifique sur une peinture flamande que je leur avais demandé d'analyser.

Elle poursuivit assez longtemps sur le potentiel de Jade, et sur toutes ces choses extraordinaires qu'elle ferait probablement plus tard.

— C'est tellement gratifiant, tu ne trouves pas ?

Face à la mine perplexe de Marie, elle s'expliqua :

— De les accompagner, les guider jusqu'à ce qu'ils s'accomplissent…

Marie baissa les yeux : elle n'avait pas eu envie de lui répondre.

Les deux femmes se quittèrent à l'entrée du parc, le ciel s'assombrissait, jusqu'à ne devenir qu'une masse noire et compacte, menaçante.

Marie sortit son parapluie et s'engagea dans l'allée centrale, son vélo à côté d'elle. Elle redoutait le face-à-face avec Paul, et ce vide angoissant qui caractérisait désormais leurs échanges. Comment en étaient-ils arrivés là ? Elle repensa aux débuts de leur relation, à cette connivence presque immédiate entre eux ; elle revivait leurs premiers fous rires, et cette certitude grandissante qu'elle ne serait plus seule et qu'enfin elle partagerait cette vie, étrange, effrayante, avec quelqu'un.

Pourtant, tout cela s'était perdu dans les limbes de l'habitude : le temps, immuable, implacable, avait tout recouvert. Ils ne riaient plus ensemble, parlaient sans finir les phrases de l'autre. Ils étaient ce couple, atroce, qui ne s'adresse pas la parole au restaurant. Ils étaient ces autres dont ils s'étaient tant moqués, avant.

Marie leva les yeux vers l'orage qui venait d'éclater. Des éclairs orange et rouges déchirèrent les nuages, qui se répandirent en une lourde grêle. Elle courut s'abriter sous le porche de l'ancienne maison du gardien du parc, une vieille bâtisse qui servait de refuge aux couples d'adolescents.

Elle s'assit sur le perron et observa le ciel ; et dans ce moment d'attente, elle pensa à Jade, et aux paroles de Claire. Elle se remémora sa propre adolescence, et cette nouvelle écrite à seize ans qui lui avait permis de gagner un concours national organisé par un magazine littéraire, et d'être publiée dans ledit magazine, avec sa photo en couverture. Cela avait été son seul fait de gloire, le seul événement qui lui avait permis de croire à son talent et à son destin d'écrivaine.

Elle regrettait cette période d'entre-deux, où tout était encore possible ; elle regrettait ce temps où l'échec n'était encore qu'un concept vague, qu'il était facile de repousser à plus tard. Et c'étaient ces considérations, pourtant si banales, qui la réveillaient la nuit. Elle se redressait, épouvantée, soudain consciente des battements de son cœur et du rythme de sa respiration. Elle se revoyait lorsque, enfant, elle essayait de comprendre ce que cela signifierait d'être adulte. Et elle revivait ce moment, ce sentiment, avec tant de précision que l'atrocité du temps qui défile lui coupait le souffle.

Jade était dans cet entre-deux. Elle avait encore le temps, l'espace pour exprimer son potentiel. Son destin était possible, les chemins qui s'ouvraient à elle infinis, alors que ceux de Marie s'étaient réduits à cette routine unique, cadrée par d'épais tuteurs qu'elle avait elle-même plantés.

Brusquement, et de manière incontrôlable, l'image de la jeune fille s'effaça de son esprit face à ce constat sans appel. Ses contours s'estompèrent, son existence devint moins tangible. Elle n'était plus cette adolescente hypersensible avec laquelle Marie aimait discuter, mais seulement celle qui lui rappelait les limites de l'existence qu'elle-même s'était construite.

Marie sentit son cœur s'emballer et commença à ressentir les premiers symptômes d'une angoisse qu'elle savait ne pas pouvoir contrôler. Elle se leva, titubante, et remonta sur son vélo. Et alors que la grêle s'était transformée en pluie, elle glissa et s'effondra au sol. Seule, couverte de boue, elle se mit à pleurer.

*
* *

Paul l'attendait dans le salon, il la vit rentrer, trempée, et se précipita vers elle.

Ils échangèrent quelques paroles sans âme, auxquelles Marie coupa court en l'entraînant vers la salle de bains. Elle le déshabilla et posa l'une de ses mains sur sa poitrine.

— J'ai envie de toi, murmura-t-elle.

Mais elle mentait, elle voulait simplement que l'angoisse s'arrête, et que sa tête cesse de tourner. Elle ne voulait que le noir, le vide abyssal dans lequel elle se noyait, s'efface. Paul plongea sa tête dans son cou, et lorsqu'il lui fit l'amour, Marie réalisa qu'elle ne ressentait plus rien. Elle entendait seulement le bruit étouffé de la pluie qui cognait sans discontinuer contre la fenêtre.

# – 4 –

« … Elle le regarda et lui dit, droit dans les yeux, qu'elle voulait se fondre en lui et exister, mais seulement par lui et à travers lui. Son être ne pouvait subsister que si lui le choisissait. Elle était sa chose, son esclave, et ses bras, ses jambes étaient inutiles s'il ne les touchait pas.

« Alors elle tourna son visage vers le soleil, elle le fixa avec ses yeux grands ouverts, et dans son éblouissement, elle se perdit. »

Marie finit sa lecture et essuya d'un geste brusque l'unique larme qui perlait au coin de son œil. Elle resta un moment devant son bureau, son stylo à la main, elle essaya de faire quelques corrections, mais renonça.

Que pouvait-elle modifier ? L'histoire l'avait profondément touchée. La sensibilité de Jade surgissait derrière chaque mot, chaque phrase, et teintait le récit d'une émotion si brute que les personnages semblaient vivants. Marie pouvait presque sentir leur présence, et cette relation charnelle au récit l'avait submergée.

Elle s'entoura de ses bras – dans un réflexe de protection ? – et rangea le texte de Jade dans sa sacoche.

La jeune fille avait pris l'habitude de lui confier ses textes et attendait impatiemment l'avis de Marie. Celle-ci croyait presque y déceler une forme de cynisme : ne savait-elle pas qu'elle avait du talent ? Devait-elle s'abaisser à lui répéter, encore et encore ?

Elle repensait à ses dernières entrevues avec Jade, et à cette assurance dont elle faisait preuve quand il s'agissait de littérature. Elle se disait parfois que cette fragilité, ce manque de confiance en elle n'étaient qu'une façade.

Jade disparaissait peu à peu aux yeux de Marie, tout comme la complicité qu'elles avaient nouée.

*
* *

Lorsqu'elle aperçut le bus scolaire stationné devant les grilles du lycée, Marie accéléra le pas. Elle n'avait pas dormi de la nuit, les yeux rivés au plafond. Elle avait regardé très longuement la silhouette de Paul à côté d'elle. Paul qui respirait doucement, la bouche entrouverte. Paul qui dormait à côté d'elle, mais qui était déjà loin, tellement loin qu'elle ne le reconnaissait plus.

Elle s'était sentie enfermée pour la première fois depuis longtemps. Ou alors, venait-elle seulement de comprendre ? Peut-être vivait-elle la seule vie qu'elle aurait été capable d'avoir. Une vie simple, commune. Une vie banale pour une personne banale.

Le lendemain, elle s'était levée, la tête lourde, nauséeuse à l'idée de la sortie scolaire qui l'attendait. Elle se sentait incapable de gérer ses élèves, incapable de supporter les histoires de Claire, incapable de regarder Jade.

Jade avait hanté sa nuit, et son comportement lui apparaissait sous un nouveau jour.

Malgré tout, elle avait serré les poings et s'était levée. Il le fallait bien, n'est-ce pas ? Elle n'avait pas le courage de tout quitter, de partir sans se retourner. Elle n'avait pas cela en elle, et elle le savait.

Alors elle avait embrassé Paul et était partie, hagarde.

Elle rejoignit Claire qui l'attendait en bas des escaliers, et les deux femmes récupérèrent ensemble leurs classes respectives. Marie sortit son carnet d'appel et parcourut les rangs, passant devant Jade sans la regarder. Cette dernière leva la tête vers elle, avant de lui faire signe.

— Madame Thomas ?

La jeune femme hocha la tête.

— Je voulais savoir si vous aviez pu lire mon texte.

— Ton texte ?

Jade parut gênée.

— Le texte que je vous ai donné…

Marie, malgré elle, eut envie de l'humilier, de la faire taire, elle voulut qu'elle se sente aussi mal qu'elle-même se sentait.

— Je ne m'en souviens plus. J'ai dû l'oublier quelque part. Et puis, ce n'est vraiment pas le moment.

Elle se retourna et commença à faire monter les élèves dans le bus. Jade passa devant elle, la tête baissée, et partit s'asseoir sur les sièges du fond à l'écart de ses camarades.

La vague de colère qui avait envahi Marie s'apaisa, laissant place à autre chose, une sorte de culpabilité diffuse qu'elle réussit pourtant à écarter sans difficulté.

Elle ne voyait plus la fragilité, la carapace que l'on pouvait percer d'une simple phrase, elle ne remarquait plus que ce besoin avide de reconnaissance et d'attention. Elle pensa, sans se l'avouer encore totalement, que Jade essayait de prendre une place qui ne lui appartenait pas. Personne ne pouvait prendre cette place, pas même Marie – et c'était bien là le problème. Elle pouvait supporter l'échec, tant que le reste du monde échouait avec elle. Elle se convainquit que Jade n'était personne, et que ses textes, tout comme les siens, présentaient des défauts, des maladresses qui les rendaient ordinaires ; ordinaires et noyés dans le vaste océan des textes médiocres.

La tristesse des gens égoïstes n'accepte aucun compromis.

*

* *

Le bus les déposa à côté du Grand Théâtre, près du quartier des Quinconces. Claire passa devant ses élèves, visiblement excitée par le ciel bleu et la perspective du spectacle à venir. Chaque année, les deux enseignantes réussissaient à convaincre M. Le Drac de sortir leurs élèves du lycée. C'était un véritable combat, le proviseur étant toujours angoissé à la perspective d'un accident ou d'une fugue.

Les adolescents se dispersèrent en escadrons disparates lorsqu'ils arrivèrent près du marché de Noël, avant de reprendre une certaine cohésion devant le théâtre. Marie et Claire les firent entrer deux par deux et s'installèrent au balcon.

— J'adore cette ambiance, glissa Claire en souriant.

Elles étaient face à la scène, cachée par un épais rideau en velours rouge.

Elles discutèrent de tout et de rien, observant du coin de l'œil leurs élèves, qui s'étaient affalés sur plusieurs sièges devant la scène. Enfin, le spectacle commença (il s'agissait de la répétition générale de *Ruy Blas*). Comme chaque année, elles se relayèrent pour faire taire les adolescents, qui profitaient généralement de ce moment de liberté exceptionnel pour s'adonner à d'autres activités autrement plus intéressantes que la contemplation d'une pièce de théâtre.

Claire profita de l'entracte pour aller discuter avec sa classe, laissant Marie seule. La jeune femme observa un moment les techniciens qui changeaient les décors et ajoutaient du mobilier sur scène, avant de prendre son téléphone pour envoyer un message à Paul. Elle hésita un moment, puis lui envoya trois cœurs. Elle était incapable de rédiger un message.

En bas, Jade rangea son livre et monta l'escalier pour la rejoindre.

— Je vous dérange ?

Elle tourna vers elle deux grands yeux humides, dont le bleu semblait encore plus délavé.

— Non, bien sûr que non.

Marie se redressa, et à la vue de la jeune fille, en repensant à leur dernier échange, elle eut honte. Devant sa détresse, ses bras minces qu'elle serrait entre ses genoux, elle peina à se rappeler la colère qui l'absorbait quelques heures auparavant encore. Allait-elle envier une adolescente mélancolique ? En était-elle réduite à cela, désormais ?

Elle se força à sourire, et posa sa main sur l'épaule de la jeune fille.

— Je suis désolée, pour ce matin. J'étais stressée, et pressée.

— Oh, je comprends. Je suis venue m'excuser, en fait.

— Ah ?

— Oui… Je sais que vous êtes très occupée. Et je vous envoie mes textes sans vous demander votre avis…

— Non, vraiment, tu n'as pas à…

— Si, j'insiste. Mais je voulais vous dire aussi que je vous fais confiance, et que… que je vous admire beaucoup, aussi.

Elle parla de la nouvelle de Marie qu'elle avait trouvée sur Internet.

— Tous les numéros du magazine ont été numérisés, expliqua-t-elle.

— Tu as lu ma nouvelle ?

La jeune femme se sentit acculée. Elle appréciait son texte, bien sûr, mais elle se rappelait surtout ses faiblesses, et se demanda, très brusquement, si l'ensemble de ses élèves l'avaient lu. C'était une mise à nue à laquelle elle ne s'attendait pas.

— Je l'ai lue, oui, poursuivit Jade du même ton léger.

Elle affirma l'avoir beaucoup aimée, puis elle parla du style fluide et enlevé, et y trouva d'ailleurs un sens et une profondeur dont Marie n'avait pas conscience. Dans la bouche de Jade, ce court texte, oublié et oubliable, revivait. Elle pensa brièvement à cette phrase de Satie, lorsqu'il parlait d'une symphonie de Debussy. « Si *La Mer* avait été écrite par quelqu'un d'autre, cela aurait pu être un chef-d'œuvre. » Si Jade avait écrit son texte, serait-il passé du rang de promesse à celui de véritable œuvre littéraire ?

Elle regardait la jeune fille, suivant les contours de sa bouche sans entendre les mots qui en sortaient. Elle était de nouveau en elle-même, et la pointe entre ses côtes s'était réveillée. Qui était-elle pour faire la critique de ses textes ? Faisait-elle cela pour se moquer, lui prouver sa supériorité ?

— Je suis déçue, dit-elle abruptement.

— Déçue ?

— Tu te doutes que si je n'ai parlé de cette nouvelle à personne, ce n'est certainement pas pour qu'une de mes élèves la fasse lire à tout le monde.

— Mais je… Je n'en ai parlé à personne.

— J'aimerais te croire, mais comment te faire confiance ?

Sa réaction était ridicule. Cependant, en voyant Jade s'affaisser, la lèvre tremblante, elle ne put s'empêcher de ressentir une certaine joie. Pendant un instant, l'élève disparut, il ne restait qu'une forme sans substance, une chose floue qui représentait tout ce que Marie détestait.

Ce furent les pleurs qui la réveillèrent. Jade, les yeux rougis par les larmes, était revenue.

Claire choisit ce moment pour remonter au balcon. Quand elle les surprit, Jade essuya son visage du revers de sa manche.

— Tout va bien ?

— Oui… Tout va bien. N'est-ce pas, Jade ?

La jeune fille se retourna brièvement.

— Oui, merci.

Claire la regarda descendre les marches et s'asseoir avec ses camarades. Puis elle se tourna vers Marie, les sourcils froncés.

— Elle pleurait ?

La jeune femme s'enfonça dans des explications confuses, auxquelles sa collègue coupa court.

— Je suis inquiète pour elle, reprit-elle. Je la trouve très solitaire, toujours au bord des larmes. Et là, elle pleurait… Et tu me dis qu'il n'y avait pas de raison valable.

— Pas de raison qui justifiait des larmes.

— Vraiment ?

Marie haussa les épaules.

— Nous avions une simple discussion sur un de ses textes. J'ai juste été honnête…

— Fais attention.

Claire parut soudain très sérieuse. Elle regarda Marie avec un air indéfinissable (la jeune femme crut y déceler de la méfiance et eut envie de disparaître).

— Elle est tellement sensible, poursuivit-elle. Elle est dans une période compliquée, charnière… Comme tous ceux-là aussi, en bas…

Elle pointa du doigt trois élèves qui s'amusaient à lancer des boulettes de papier sur la scène.

— Eux aussi sont fragiles, malgré les apparences. Mais tu le sais mieux que moi, n'est-ce pas ?

Marie hocha la tête, et détourna les yeux. En contrebas, Jade s'était isolée, assise plusieurs rangs derrière les autres élèves. Ses pleurs se perdirent dans les éclats de voix des acteurs et le brouhaha de la pièce qui reprenait.

*

* *

Marie rentra chez elle et s'assit sur le canapé, la tête dans ses mains. Elle ne se reconnaissait plus. Elle repensa à Jade et à la détresse qu'elle avait vue dans ses yeux. Pourtant, elle ne ressentait ni sollicitude ni compassion. Devant la jeune fille, elle n'était capable d'aucun sentiment. Elle avait cette impression, si désagréable, d'être complètement vide. Même l'angoisse ne trouvait plus sa place, seulement le vide, abyssal, qui dévorait tout sur son passage.

« Et bientôt, se dit-elle, je disparaîtrai. Je disparaîtrai et laisserai la place à Jade, et à ce destin si grand qu'elle tient entre ses mains. »

Marie sombra alors dans un sommeil agité, où elle rêvait qu'elle avait plus de cent ans, qu'elle était toujours ici, dans cette maison ; et rien n'avait changé.

*

* *

Le lendemain, elle retrouva Claire à l'heure de la pause comme d'habitude. Même si cette dernière ne parla ni de Jade ni de la sortie de la veille, Marie ne pouvait s'empêcher de voir un double sens à toutes ses remarques. Elle la trouvait froide, distante, et quand Claire prétexta un rendez-vous avec le proviseur, Marie se crut en devoir d'éclaircir son entrevue avec la jeune fille.

— Tu as pu voir Jade, ce matin ?

— Non. Mais je l'ai en cours cet après-midi.

— Je ne comprends pas pourquoi elle a pleuré hier, tu sais.

La jeune femme lui lança un regard compatissant.

— Oh, je me doute.

Elle passa un bras autour des épaules de Marie.

— Je suis contente que tu t'inquiètes pour elle, toi aussi. Oui… Je suis contente que des gens s'inquiètent pour elle, et qu'elle ait quelqu'un à qui parler.

Elle n'en dit pas plus et quitta Marie en lui lançant un baiser du bout des doigts. La jeune femme la regarda partir et s'affaissa sur la barrière qui séparait la cour du terrain de sport, juste derrière elle.

Elle ne dormait plus, et passait ses nuits à fixer le plafond. Sa vie partait en lambeaux, ou plutôt, l'image qu'elle en avait se désintégrait comme une feuille de papier que l'on déchire. Marie imaginait des millions de petits morceaux s'embraser sous ses yeux jusqu'à ce qu'il n'en reste plus rien, seulement un tas de cendres gris, triste, atroce.

La journée s'étira dans une langueur presque insoutenable. Elle finit par prétexter une migraine et libéra ses derniers élèves vingt minutes avant la sonnerie.

Elle rentra chez elle et s'allongea sur son lit. Elle n'entendit pas Paul rentrer, et ce dernier la trouva prostrée dans le noir.

— Ma chérie ?

Épuisée, Marie se mit à pleurer. Elle accepta l'étreinte de Paul, et posa sa tête sur son épaule.

— Il s'est passé quelque chose ?

— Non… Je…

Elle parla très confusément de cette conscience de la vie qui défile, et de son métier qui ne l'épanouissait plus. Mais Paul fut incapable de la consoler, il avait toujours été désarmé face aux crises émotionnelles de Marie. Il ne la comprenait pas ; il ne l'avait jamais comprise.

Il lui proposa néanmoins de lui préparer un bain et la rejoignit dans l'eau chaude.

— Tu te rappelles ? murmura-t-il.

Marie tourna vers lui un regard vide.

— Notre première nuit ensemble, reprit-il. Je t'avais rejointe dans ton bain.

Soudain, la jeune femme revit la chambre d'hôtel un peu fatiguée dans laquelle Paul l'avait invitée. Ils étaient étudiants, ils se fréquentaient depuis quelques semaines. Elle le trouvait si beau avec ses cheveux fins et blonds comme ceux des enfants et cet air emprunté qui le rendait mystérieux. Elle aimait qu'il soit différent d'elle, qu'il ne la comprenne pas tout à fait. Elle aimait parler littérature et qu'il la regarde plein d'admiration. Au fond, elle aimait qu'il ne la connaisse pas réellement. Dans ses yeux, elle avait su se réinventer.

— Oui, je me souviens…

Il glissa sa jambe entre les siennes, avant de la rejoindre de l'autre côté de la baignoire. Il se mit à l'embrasser, mais lorsqu'il posa sa bouche sur ses seins, elle sursauta. Le contact de sa peau contre la sienne lui était insupportable.

— Je suis désolée… Je n'ai pas la tête à ça.

Il ne dit rien, mais se leva et saisit une serviette.

— Tu me laisses seule ?

— Tu as l'air de vouloir être seule.

Marie ne répondit pas. Quand Paul quitta la salle de bains, elle plongea la tête sous l'eau. Son environnement disparut alors dans un tourbillon de couleurs floues, elle ne voyait plus, elle n'entendait plus. Tout son être flottait dans une légèreté intense (et c'était presque une forme de jouissance, cette certitude d'être hors du monde).

Elle se redressa quand elle aperçut Paul dans l'encadrement de la porte.

— Marie ?

— Je suis vivante…

C'était la première phrase qui lui était venue à l'esprit.

# – 5 –

La semaine suivante, une épidémie de grippe sévit au lycée. Jade, comme une quinzaine d'autres élèves, fut obligée de rester alitée. Marie vécut son absence comme un bref îlot de tranquillité dans une période qui n'en finissait plus de s'assombrir.

Après plusieurs disputes avec Paul, ce dernier avait décidé de passer quelques jours chez ses parents qui vivaient dans la banlieue bordelaise. Elle n'avait pas essayé de le retenir, elle s'était contentée de le regarder partir, atone.

— Tu vas revenir ? avait-elle simplement murmuré.

— Je crois qu'on a besoin de temps…

Elle ne l'avait pas contredit. Après tout, peut-être avait-il raison ? Elle était de plus en plus incapable de comprendre ce qu'elle ressentait et ce qu'elle voulait. Sa vie était vide de sens, absurde. Tous ses actes n'étaient dictés que par l'habitude. Elle se levait, engluée dans une réalité qu'elle ne savait pas comment fuir. Elle aurait voulu avoir sa vie derrière elle, ce qui lui restait à vivre s'annonçant comme un long désert sans âme.

Elle avait cependant retrouvé un certain plaisir à enseigner. En l'absence de Jade, l'échec de son existence était moins douloureux. Elle se rappela qu'elle prenait plaisir à faire découvrir les classiques à ses élèves, à leur faire aimer un monde qui leur était encore inconnu. Elle avait même décidé, avec le concours de deux autres professeurs de français, de faire jouer quelques scènes de *Ruy Blas* à sa classe de seconde.

Doucement, elle reprit goût à cette vie qu'elle avait méprisée. Et dans la ronde de ses humeurs, elle oublia Jade. Celle-ci retrouva la place qui aurait dû rester la sienne, celle d'une élève parmi tous les autres, un point dans la masse compacte des visages qu'elle regarderait passer sans s'y attacher.

Ses rapports avec Claire s'étaient également améliorés. Une certaine froideur s'était invitée dans leur relation, comme si Jade s'était interposée entre elles. Son absence permit aux deux femmes de retrouver leur routine, et cette connivence si chère à Marie. Cette dernière lui confia les difficultés de son mariage, son union qui s'étiolait. Claire écoutait, la rassurait, avec ce naturel et cette franchise si caractéristiques de sa personnalité, elle était entière, intensément présente dans sa réalité, quand Marie s'y sentait comme une étrangère. Les mots qui sortaient de sa bouche, le ton de sa voix étaient affectés, simulés ; elle avait pris l'habitude de se glisser dans la peau d'une autre pour se faire apprécier. Mais ce rôle la rassurait, elle regardait ses collègues, imitait leurs mimiques, leurs expressions. Elle aurait voulu rester dans cette existence rêvée, dans ces situations si faciles, comme un chemin qui mènerait directement à la mer. Elle n'avait qu'à se laisser tomber, aveugle aux perturbations, aux turbulences de la vie, elle n'avait qu'à avancer sans se préoccuper de rien.

Claire parlait toujours de Jade, elle semblait, comme tous les autres, subjuguée par la jeune fille, par le talent qu'elle démontrait dans ses devoirs, et dans les réflexions qu'elle faisait sur la vie.

— Elle est si mature, disait-elle. Comme si elle avait déjà vécu mille vies.

Marie acquiesçait, souriante, évoquant les capacités littéraires de Jade, sa sensibilité, et leurs discussions qu'elle avait hâte de retrouver.

En un sens, elle ne mentait qu'à moitié, et c'était là toute l'ambivalence de ses rapports avec l'adolescente. Elle était incapable de la voir pour ce qu'elle était, et haïssait ce qu'elle représentait, mais elle était attirée par elle comme un papillon de nuit par la lumière. Elle la cherchait, inlassablement, se reconnaissant en elle et la rejetant aussitôt.

*
* *

La plupart des élèves grippés revinrent quelques jours plus tard, mais l'absence de Jade se prolongea d'une semaine. Plusieurs enseignants décidèrent de rédiger une carte à son attention, une de ces cartes atroces aux couleurs criardes, qui lui souhaitait un rétablissement rapide, ou toute autre phrase creuse du même acabit.

Marie la signa également. Elle dessina même une fleur à côté de son nom, et ajouta quelques mots remplis de sollicitude comme : « Reviens-nous vite » ou

« Nous t'attendons ». Elle avait écrit dans cette sorte de fièvre dont on ne garde qu'un vague souvenir.

Elle était concentrée sur sa pièce. Initialement simple exercice de style, le spectacle s'était transformé en véritable projet artistique, une version réactualisée de *Ruy Blas*, qui mobilisait les trois classes de seconde. Le proviseur, emballé, avait décidé de faire jouer la pièce pour la fête de fin d'année, devant l'ensemble des parents d'élèves. Cela occupait Marie tous les soirs et même les week-ends, où elle peaufinait les dialogues, parfois aidée de Claire, et lorsque sa collègue venait passer la soirée avec elle, elle vivait de véritables moments de bonheur ; elles buvaient un verre de vin, parlaient de choses stupides… C'était la normalité retrouvée, le bonheur.

Paul choisit cette période de félicité pour revenir. Il la prévint quelques heures avant et rentra pour le dîner, une bouteille de vin coincée sous son bras. Il fit une entrée très dramatique, presque grandiloquente ; il avait voulu sortir de lui-même, de sa timidité, pour montrer à Marie qu'il l'aimait toujours. Il en était venu au constat que leur éloignement était de son fait. Pendant ces quelques jours chez ses parents, en regardant son père et sa mère, séparés par des années de silence, il avait eu une sorte de révélation. Si Marie explosait, c'était à cause de lui et de son enfermement intérieur. Il devait parler plus, communiquer.

Lorsqu'elle l'aperçut sur le seuil de la porte, Marie se jeta dans ses bras, heureuse de la fin de cette solitude forcée.

Pourtant, quand il la porta jusqu'au lit et la déshabilla, elle ressentit encore ce dégoût, cette envie de fuir. Elle essaya alors de se glisser de nouveau dans cette autre peau, dans cet habit qui lui permettait de survivre, mais les coutures lâchèrent et elle se retrouva à nu, exposée aux éléments qui la blessèrent et la précipitèrent dans un gouffre sans fin.

Elle réalisa qu'elle était totalement seule. Ce fut une révélation brusque et douloureuse, qu'elle chassa en serrant les poings, si fort qu'elle se blessa les paumes.

Elle se récita les dialogues de sa pièce, en elle-même et pour elle-même, véritables totems mentaux pour se sortir de l'angoisse qui la paralysait.

Enfin, Paul se coucha à côté d'elle et s'endormit, la tête contre sa poitrine. Marie le regarda un long moment, avant de se lever et de rejoindre la cuisine. Elle s'assit près du plan de travail et commença à écrire.

C'était la seule chose qui la rendait encore heureuse.

# – 6 –

Aidée par Marc, un de ses collègues, Marie avait orchestré une répétition générale, à laquelle les parents étaient libres d'assister. Les dialogues avaient été écrits en collaboration avec les élèves, qui étaient à l'origine de cette version modernisée : la reine était à présent la femme d'un homme d'affaires corrompu et Ruy Blas n'était plus ce valet envoyé par son maître pour piéger la reine, mais Ron Bias, un policier sous couverture chargé d'infiltrer un cartel.

L'intrigue était un peu grossière, mais les élèves prenaient tant de plaisir que l'ensemble était particulièrement réussi. Ils y croyaient et Marie était certaine du succès à venir. Alors elle se démenait, ne dormait plus pour finaliser la pièce, et le corps enseignant louait sa pugnacité et sa détermination.

Le proviseur l'avait même convoquée dans son bureau pour lui demander de « se préserver ».

— Je voulais vous remercier, dit-il dans un sourire. Vous êtes tellement engagée.

Il s'approcha du bonzaï qu'il gardait précieusement près d'une fenêtre et toucha l'une des feuilles du bout des doigts. Marie jeta un regard rapide sur la bibliothèque en bois brut à côté du bureau et observa un tableau représentant un paysage morne, probablement peint par sa femme (qui leur imposait, au moins une fois par an, la contemplation d'œuvres aux couleurs tristes).

— Mais je voulais aussi vous dire de faire attention. Je vous trouve fatiguée.

Marie essaya de le rassurer tant bien que mal, mais Le Drac n'en démordait pas. Il lui fit un long discours sur l'importance de « savoir déléguer » et termina par l'emploi d'anglicismes censés donner plus de poids à cette authentique allocution.

— Vous comprenez, Marie, vous êtes l'une de mes meilleures enseignantes. Je sais que vous êtes proches de vos élèves… Notamment de Jade.

— Jade ? Quel est le rapport ?

Il fit le tour de son bureau et mit en route l'antique machine à café qui trônait sur une table en Formica beige.

— Café ?

Marie secoua la tête.

— Vous me parliez de Jade.

— Oui… Oui. J'ai eu sa mère au téléphone ce matin, et c'est aussi la raison pour laquelle je vous ai demandé de venir.

Il lui confia avoir longuement discuté avec la jeune femme, qui s'inquiétait pour sa fille. Apparemment, elle était toujours très faible et refusait de retourner au lycée.

— Nous n'avons jamais eu de problème d'absentéisme la concernant, elle n'a jamais fait état de phobie scolaire, je trouve que ça ne lui ressemble pas, poursuivit-il. Sa mère passera ce soir pour récupérer ses cours, je voudrais que vous puissiez l'accueillir.

— Mais vous savez bien que c'est impossible, j'ai une répétition importante, ce soir.

— D'où l'importance de la délégation. J'ai déjà demandé à Marc, il sera ravi de vous remplacer. Je sais que cela tombe mal pour vous, Marie, mais la mère de Jade était extrêmement inquiète. Je pense qu'il est de notre devoir de faire le maximum pour la rassurer, vous ne croyez pas ?

Puis il retourna à son bureau et saisit un épais dossier qu'il posa devant lui, signe que l'échange était terminé. Marie attendit encore quelques instants, avant de sortir et de se rendre dans la salle de musique. Elle s'assit devant le piano, fit courir ses doigts le long des touches d'un air absent. Jade venait de revenir dans sa vie. Elle se dit, confusément, qu'elle n'en sortirait plus.

Elle vécut le reste de sa journée dans une angoisse diffuse, qui se matérialisa sous la forme d'une boule désagréable dans sa gorge. L'excitation de la répétition à venir était retombée, elle fut cependant rassérénée lorsque ses élèves exprimèrent très clairement leur déception à l'idée de devoir se passer d'elle ce soir-là. Si elle était importante pour eux, cela devait signifier quelque chose. Ou au moins, marquer la fin de cet abominable sentiment d'insignifiance.

Elle retrouva Karine, la mère de Jade, devant les grilles du lycée. Marie fumait une cigarette et l'observa marcher vers elle d'un pas lent et hésitant. C'était une petite femme très mince, qui paraissait assez jeune, malgré les rides précoces qui creusaient son visage. Elle portait des cheveux courts et blonds décolorés, ainsi qu'un piercing discret à la narine.

Karine se présenta d'une voix tremblante, visiblement intimidée par son environnement, ou par les quelques élèves qui la fixaient de loin.

Marie lui serra brièvement la main, avant de l'accompagner jusqu'à sa salle de classe.

— Asseyez-vous, dit-elle en souriant. Je vais vous apporter un verre d'eau.

Tandis qu'elle fumait en l'attendant dans la cour, Marie avait décidé qu'elle n'accorderait aucune importance à cette entrevue. Elle se contenterait d'être avenante, témoignerait d'une juste et raisonnable sollicitude, et s'enquerrait de la santé de Jade d'une manière totalement détachée.

Mais Karine n'avait visiblement pas envisagé l'entretien de la même manière. Très rapidement, elle s'ouvrit sur ses inquiétudes de mère, sans laisser à Marie le temps de protester. Elle se livra sans fard sur ses difficultés, son travail de nuit qui l'éloignait de sa fille, et ce mal-être qu'elle ne comprenait pas et qui pesait de plus en plus sur leur relation.

— Vous savez, reprit-elle, je l'ai mise dans le privé car je me faisais du souci pour elle. Je trouvais qu'elle… Enfin, j'avais l'impression qu'elle était en train de disparaître… Je ne saurai pas comment l'exprimer autrement.

Karine sourit, mais c'était un sourire las, de ceux que l'on n'oppose qu'en dernier recours, quand les mots ne suffisent plus. Marie la vit tirer sur les pans de son manteau et recouvrir un peu plus la blouse rose qu'elle portait par-dessus son tee-shirt.

— C'est peut-être idiot… Peut-être que je ne la comprends pas. On est très différentes, elle et moi. Je suis aide-soignante.

— Oui… Jade me l'a dit.

Karine sembla heureuse de savoir que sa fille parlait d'elle.

— Elle m'en veut d'avoir quitté son père… Il travaille loin, maintenant, à Singapour. Il a refait sa vie.

Marie restait muette, mal à l'aise face à ce déferlement d'intimité.

— Vous devriez lui parler de la pièce, dit-elle alors, de façon abrupte. Nous montons une pièce, Jade pourrait tenir un rôle.

La professeure avait parlé sans réfléchir, elle voulait simplement faire taire la mère de l'adolescente.

— Vraiment ?

— Peut-être que ça lui donnera envie de guérir et la convaincra de revenir. Vous ne croyez pas ?

Le visage de Karine s'illumina.

— Je crois qu'elle sera heureuse de savoir que vous pensez à elle. Elle m'a beaucoup parlé de vous…

Ce fut le coup de grâce. Marie ne put que sourire bêtement, avant de prendre la liasse de cours pour Jade et de la tendre à sa mère.

— Dites-lui que je l'attends… Que tout Saint-Joseph l'attend.

Karine hocha la tête et lui prit les mains.

— Je suis rassurée de savoir que vous êtes là pour elle.

Marie la regarda partir. Lorsqu'elle disparut à l'angle du couloir, elle laissa couler des larmes de rage le long de ses joues. Elle accueillit alors la haine, l'accepta totalement. Jade, par son absence, ne voulait qu'une seule chose. Elle réclamait la lumière, exigeait cette aura qui avait dédaigné Marie des années auparavant, quand son premier manuscrit avait été refusé.

Elle gardait le souvenir cuisant de ses espoirs déçus, de la lettre sans âme qui lui était revenue quelques semaines à peine après l'envoi de son roman. Elle avait mis trois ans à l'écrire ! Et tous ses projets avaient été pulvérisés en quelques secondes. Elle avait réussi à survivre à la déflagration en affirmant que les primo-romanciers n'étaient jamais publiés sans relations. Ce n'est pas son talent qui péchait, c'était son réseau.

Pourtant, elle ne pouvait s'empêcher d'imaginer Jade monter au firmament et tordre le cou au déterminisme social. Elle serait celle qui s'élèverait au-dessus de son milieu et reviendrait, pleine de nostalgie, sur cette mère seule et méritante, qui avait tout sacrifié pour qu'elle puisse construire son immense culture littéraire, et fréquenter un lycée privé.

Le transfuge était à la mode, le public friand de belles histoires de réussite, Jade leur servirait la sienne sur un plateau.

Dans sa solitude, Marie prit brusquement conscience de l'amertume qui la rongeait. Elle était assise, les mains crispées sur les bords de sa chaise, et elle haïssait l'une de ses élèves. Elle eut alors peur d'elle-même, de ce qu'elle devenait. Elle eut peur d'en venir à détester le reste du monde, tant qu'il serait plus jeune, plus prometteur qu'elle. Elle décida que ce n'était pas cohérent avec sa perception d'elle-même, que c'était même avilissant de tomber dans ce genre de cliché. Elle s'aimait trop pour laisser Jade gagner, ou au moins pour la laisser contrôler sa vie et étendre son ombre sur son existence intime.

Elle rentra chez elle de meilleure humeur et prépara un copieux dîner pour Paul, qui la prévint, tard le soir, alors que le poulet était déjà froid, qu'il ne rentrerait pas.

L'embellie avait été de courte durée.

*

* *

Elle avais tenu en pensant à la répétition générale. Une partie de la journée avait été réservée pour l'occasion, exceptionnelle pour l'ensemble des élèves et le corps enseignant. Une tempête dans un verre d'eau, une mobilisation vaguement inutile de stress, d'angoisse, et de bonnes volontés. Marie était familière de ce genre d'événement, mais n'était jamais parvenue à fédérer autant autour d'elle. Elle aborda donc la journée avec une excitation qui masquait le délitement de sa vie. En arrivant devant les grilles de Saint-Joseph, elle oublia Paul, elle oublia qu'il était rentré bien après minuit et qu'il sentait l'alcool. Elle n'avait pas osé lui faire de remarques, de peur qu'il ne dorme sur le canapé. Sur le ring de leur amour mourant, elle n'était pas encore prête à capituler.

Marie parcourut les couloirs jusqu'à sa salle de classe, et manqua de vaciller lorsqu'elle aperçut Jade, vêtue d'une étrange combinaison rouge et de baskets assorties. Elle attendait, assise en face du bureau de Marie, son éternel livre à la main.

Quand l'adolescente la vit, elle se leva brusquement.

— Bonjour…

Sa voix tremblait légèrement, elle peinait à soutenir le regard de Marie.

— Tu es revenue.

— Oui… Je voulais vous remercier, pour la pièce. Je ne pensais pas que l'on me garderait un rôle.

Marie se rappela alors l'interaction de la veille, et la promesse faite à Karine.

— Oui… Nous avons prévu des rôles de figurants pour tous les élèves qui le souhaitent.

— J'aimerais beaucoup participer.

Elles s'observèrent un moment, alors que des bruits de pas et des éclats de voix commençaient à arriver du couloir.

— Je voulais aussi vous dire que vous pouvez écrire au magazine pour supprimer votre nouvelle, si vous voulez.

La jeune fille porta une main à sa bouche et se rongea les ongles.

Marie mit quelques instants à comprendre. Puis elle se rappela le théâtre, et Jade descendant l'escalier en larmes.

— Tu n'étais pas obligée de…

— Si… Je comprends votre réaction, maintenant. C'était stupide de ma part.

Elle lui lança un regard apeuré, et c'était une véritable supplication. Marie sentit le besoin de reconnaissance, immense, vital, mais elle refusa de se plier à ce qu'elle considérait comme une injonction. L'obligation d'accompagner, de consoler. En vérité, plus qu'un refus, c'était une incapacité : elle était figée, comme lors de ces cauchemars atroces où il est impossible de bouger ou de crier. Elle regardait Jade et était impuissante face à sa propre colère.

Elle brisa le silence en lui assurant qu'elle ne lui en voulait pas et qu'elle devait penser à autre chose. La jeune fille tint néanmoins à lui donner une feuille qu'elle avait imprimée sur les différentes façons de demander la suppression de contenu sur Internet.

— C'est pour vous. Je voudrais reprendre tout comme avant, reprendre nos discussions…

Marie n'eut pas le temps de répondre : ses premiers élèves venaient d'arriver devant la porte et les observaient à travers la vitre.

— Tu es toujours la bienvenue dans mon bureau, dit-elle enfin.

Mais, dans sa voix, il n'y avait aucune chaleur.

*

* *

Marie rejoignit Marc et Claire qui l'attendaient devant la Grande Chapelle où devait avoir lieu le spectacle. C'était une immense bâtisse en pierre, seule survivante de l'incendie qui avait ravagé l'établissement au début du XXe siècle. Elle servait maintenant aux messes (dont les enseignants étaient dispensés) et aux divers événements qui jalonnaient l'année scolaire.

L'intérieur, avec ses larges colonnes et ses vitraux qui filtraient la lumière, était tout aussi solennel.

Les élèves se trouvaient derrière des paravents installés là pour séparer la salle principale de la scène. On les entendait rire, parler, crier, et leurs voix rebondissaient contre les murs de la chapelle, jusqu'au dôme recouvert d'une fresque à moitié effacée.

Marie et Claire s'assirent sur des chaises en plastique, tandis que Marc, qui jouait le rôle de régisseur, s'avançait vers la scène. Il tendit son bâton et frappa les coups réglementaires.

Ce fut ensuite un ballet d'adolescents, qui tournaient ensemble au milieu de la scène aux décors rudimentaires. L'ensemble était joyeux, maladroit, drôle, tragique. C'était *Ruy Blas* en pleine puberté, avec ses doutes et ses questions existentielles. Et c'était très réussi. À la fin de la pièce, lorsque Marie se leva, les élèves l'accueillirent sous un tonnerre d'applaudissements. Elle les regarda tous et fut emplie d'une joie telle qu'elle en eut mal au cœur. Elle aperçut Jade, qui riait elle aussi, engoncée dans un costume trois-pièces (elle jouait, avec d'autres élèves de seconde, les gardes du corps du mari corrompu). Marie se souviendrait longtemps de ce moment de félicité, elle se remémorerait très précisément le visage de Jade, son sourire. Ce fut la dernière fois qu'elle les vit.

Elle passa la soirée en compagnie de Claire et Marc dans un bar non loin du lycée, à boire des cocktails trop chers et à parler du spectacle à venir.

Vers minuit, Marc prétexta un cours de bonne heure le lendemain matin et s'éclipsa. Marie resta avec Claire, affalée sur la banquette bleu un peu passé, en face d'un large miroir qui lui renvoyait une image peu flatteuse.

— Je suis vraiment contente pour la pièce, glissa Claire en se redressant.

Elle venait de commander un troisième mojito et ses gestes étaient hésitants, presque tremblants.

— Oui… Moi aussi. On a tellement bien travaillé…

— Tu as bien travaillé, insista Claire. Je suis très fière de toi.

Si Marie avait toujours trouvé ce type de phrases condescendant, elle sourit. Elle était heureuse de retrouver sa collègue, et l'intimité qu'elles avaient construite au fil de ces années à enseigner ensemble.

Elles restèrent encore une heure à discuter, parlèrent de Marc, que Claire voulait inviter à dîner, et de Paul. Elles échangèrent avec une passion et une proximité factices qui disparaîtraient dès le lendemain, lorsque les effets de l'alcool se seraient dissipés.

— Et surtout… Surtout… Je suis vraiment contente que Jade soit revenue.

Marie acquiesça faiblement.

— Elle a un tel de potentiel…

— Oui… Tu l'as déjà dit.

— Et elle semble si fragile…

Elle joignit ses deux mains qu'elle rapprocha de son visage.

— Comme un oiseau perdu… Tu ne trouves pas ?

Puis elle se mit à rire et se leva. Elle avait trop bu, elle le savait. Elle appela un taxi, et les deux femmes se quittèrent vers 2 heures du matin.

Quand Marie rentra chez elle, elle trouva Paul qui l'attendait sur le canapé. Elle s'assit à côté de lui et posa sa tête sur son épaule.

— Tu as bu…

— Deux mojitos, avec Claire.

Elle se tourna vers lui :

— Tu viendras voir ma pièce, demain ?

Il garda le silence, avant de dire d'une voix faible :

— Il faut qu'on parle de quelque chose.

# – 7 –

Lorsque Paul lui annonça qu'il partait, Marie s'effondra sur le canapé. Elle se laissa tomber, très dramatiquement, et enfouit son visage dans l'un des coussins. Elle ne comprenait pas sa décision et fut incapable d'accepter ses explications. Elle le regardait, et avait l'impression de voir un étranger.

— Tu as rencontré quelqu'un d'autre ?

— Non… Ce n'est pas ça.

— Je ne te crois pas.

— Enfin, Marie…

Il parla de leurs silences, et de cet espace immense qui s'était creusé entre eux.

— Tu es là… et pourtant je me sens seul, tellement seul…

— Mais pourquoi tu ne m'en as pas parlé avant ?

Elle se répandit en reproches, revint sur toutes ces choses qui l'avaient blessée au cours de leur relation, alors qu'en elle-même elle savait qu'elle avait cessé d'aimer Paul depuis longtemps. Elle était également consciente de lui imposer une relation exsangue qui annihilait tout ce qu'ils avaient partagé un jour.

Mais elle n'était pas prête à abandonner. Elle s'était redressée, solidement campée sur ses jambes. Elle avait réponse à toutes ses doléances. Mais Paul refusa d'entrer dans son jeu. Il haussa les épaules et lui dit qu'il avait déjà préparé sa valise.

— Tu ne peux pas me faire ça, dit-elle alors. Pas avant mon spectacle.

Il laissa échapper un rire, très bref, qui éclata au visage de la jeune femme.

— C'est tout ce qui t'importe, alors ? Que je ne sois pas là pour sauver les apparences demain.

Elle ne répondit pas, et le rejoignit dans la chambre. Elle voulut se glisser dans ses bras et posa sa tête sur sa poitrine.

— Arrête…

Il la repoussa doucement, avec une compassion qui lui donna la nausée.

— Tu… Tu ne vas pas partir maintenant, en pleine nuit… C'est ridicule.

Il ferma sa valise et Marie aperçut l'étiquette verte attachée à la poignée, dernier vestige de leur week-end à Venise. Elle pensa qu'ils ne partiraient plus jamais ensemble, qu'elle ne s'endormirait plus contre lui dans l'avion, et qu'elle ne dirait plus jamais « nous ». Elle se rappela l'émotion ressentie lorsqu'il avait demandé sa main, et les premiers signes d'usure de leur relation.

Elle essaya de lui barrer la route, et se mit devant l'encadrement de la porte.

— Tu ne peux pas me faire ça…

Elle pleurait comme une enfant, la poitrine soulevée par des spasmes, le nez dégoulinant.

— Marie…

Il voulut l'étreindre, mais elle se dégagea.

— Je ne veux pas de ta pitié.

Marie perdit alors tout contrôle. Elle occulta le spectacle de sa déchéance, accepta de se mettre à genoux. Elle ne voyait plus que la honte de la solitude, et l'échec de sa relation qu'il faudrait annoncer.

Paul ne pouvait pas partir. Paul ne pouvait pas la quitter.

Et elle le répéta en boucle, jusqu'à ce qu'elle soit incapable de respirer, et que Paul doive la faire asseoir sur leur lit.

— Calme-toi, répéta-t-il, d'un ton pourtant si froid.

Il attendit qu'elle cesse de pleurer et posa une main sur son bras.

— Tu ne m'aimes plus, murmura-t-il. Laisse-moi partir…

Marie se releva et s'essuya les yeux.

— Alors, pars ! Oui, pars !

Elle s'avança vers la fenêtre ouverte, souleva la valise et la jeta de toutes ses forces. Paul se précipita à côté d'elle, et ne put que regarder la lourde valise s'écraser au sol dans un bruit sourd.

Il resta un moment interdit, les yeux fixés sur ses affaires éparpillées dans la rue, puis il quitta la chambre sans un mot. Marie le suivit en silence, elle savait qu'elle venait de s'humilier, seule. Paul ne la regarderait plus jamais comme avant.

— Tu n'es pas heureuse, dit-il dans un souffle, et je ne réussirai jamais à te rendre heureuse.

Il avait parlé comme pour lui, le menton rentré. Quand elle voulut s'approcher de lui, il lui tendit une feuille volante.

— Je voulais te le dire avant de partir… c'est ton plus beau texte. Et c'est bien la seule chose que tu aimes vraiment.

Dans ses mains, il tenait le poème de Jade.

*

* *

Marie avait passé une nuit atroce. Pourtant, elle ne revivait pas la rupture, elle ne voyait que Paul, la feuille froissée dans les mains. Paul, qui lui avait tendu le texte de Jade en lui rappelant malgré lui qu'elle ne serait jamais à la hauteur du talent de la jeune fille. Ou peut-être avait-il fait cela pour l'humilier, encore une fois ? Elle avait relu le poème des centaines de fois, jusqu'à ce que ses yeux deviennent douloureux. Était-elle meilleure qu'elle ?

Elle compara les textes de la jeune fille avec d'autres classiques, cherchant le plagiat, l'inspiration qui pourrait expliquer l'inexplicable : cette fluidité et cette facilité déconcertante avec laquelle elle créait ses histoires. Elle eut envie de hurler face à l'injustice. Elle eut envie de déchirer les textes de Jade pour la faire disparaître.

Elle finit par s'endormir, épuisée, et sombra dans des cauchemars épouvantables, où elle contemplait le corps de Jade, sans vie, enfermé dans la valise de Paul qu'elle venait de jeter par la fenêtre. Ce n'était pas tant l'image qui l'avait accablée, mais plutôt ce sentiment de joie qu'elle éprouvait en réalisant que Jade n'existait plus.

Lorsqu'elle se réveilla le lendemain matin, elle s'immergea dans un bain glacé. Elle y resta un long moment, se contractant sous l'effet de la température. Quand la douleur devint insupportable, elle fut enfin soulagée.

*
* *

Claire se montra particulièrement compréhensive. Elle alterna entre lieux communs sur la perte et vagues leçons sur la force de la résilience. Marie se relèverait et elle ressortirait grandie de cet événement, comme l'infinité de femmes qui étaient déjà passées par là avant elle.

Pour Claire, ce sentiment de solidarité était un véritable réconfort. Elle pensait « Je ne suis pas seule », et cela suffisait à lui faire oublier le combat sans cesse renouvelé qu'était sa vie. Marie, au contraire, y voyait le signe de son inconsistance. Elle était dans le banal, dans une situation mille fois vécue qui la terrassait par son inintérêt.

Elle s'enfonça alors dans le tourbillon des préparatifs du spectacle, mobilisant les uns, poussant les autres. Elle raccommoda des costumes, fit réciter des textes, et passa sa journée dans un état de fébrilité intense qui finit par lui donner mal à la tête. Elle ressentait une joie étrange, accentuée par la fatigue et la douleur de la perte. C'était le bonheur sur le fil, la conscience de l'abysse qui la séparait de sa vie d'avant.

Marc devint son confident. Il sortait d'un divorce douloureux, et lui témoigna une sollicitude qui la toucha. Ils se retrouvèrent quelques heures avant le début du spectacle devant la Grande Chapelle pour les dernières mises en place. Il portait un polo noir qui dévoilait le début d'un torse fin et musculeux, Marie remarqua qu'il avait un tatouage sur le bras gauche. Elle le regarda pour la première fois, pensant à la réaction de Paul s'il les voyait ici, tous les deux. Elle s'imagina prendre un café avec Marc et croiser Paul. Elle s'imagina cent scénarios différents sur la possibilité d'une relation avec Marc.

Ces nouvelles perspectives lui rendirent un peu de stabilité.

Ils s'installèrent ensuite à la cafétéria, qui s'était vidée et ne comptait plus que quelques élèves de l'internat. La plupart des lycéens étaient rentrés chez eux et ne reviendraient que dans quelques heures.

— Tu veux boire quelque chose ?

Marc s'était levé et faisait couler de l'eau chaude dans une tasse à l'effigie de ses enfants – c'était un peu triste, cette photo imprimée et déformée. Marie imagina alors le processus qui l'avait mené au choix de la tasse, la photo, le défilement des différents modèles sur le site d'achat en ligne… Elle visualisa Marc achetant cette tasse et tout le charme qu'elle avait pu lui prêter s'évanouit.

Elle l'observa, et ne vit plus que le trentenaire mélancolique, à la calvitie naissante.

*

* *

La pièce eut énormément de succès. Marie était restée en coulisses avec Claire, dans un état de fébrilité proche de la transe. Elle soufflait les répliques, passait les costumes pour les changements de scène. Pendant ces quelques heures de spectacle, elle eut enfin l'impression d'être à sa place. Jade était noyée dans la masse des figurants, invisible aux yeux de Marie, invisible surtout au reste du monde. La jeune femme avait enfin pu vivre ce moment en étant le seul protagoniste. Un moment qu'elle avait cherché si longtemps, et qu'elle méritait.

Lorsque les lumières s'éteignirent, une pluie d'applaudissements balaya la chapelle. Les élèves prirent Marie par la main et l'emmenèrent au centre de la scène, où elle prononça un discours rempli d'émotion. Elle parla de cette passion qui l'animait, de la connexion avec ses élèves, de leur implication. Tout en réussissant à se mettre en avant, elle chercha à montrer son dévouement et son humilité. Elle insista sur le travail de Claire et de Marc, puis les invita à la rejoindre.

Elle chercha très brièvement Paul des yeux. Malgré elle, et ces derniers mots si tristes qu'ils avaient échangés, elle avait espéré distinguer son visage parmi les spectateurs. Peut-être qu'il l'aimait encore… peut-être qu'il l'attendait devant la chapelle et lui demanderait pardon.

Marie était restée sourde au véritable cri de détresse qu'il lui avait envoyé. Elle ne pouvait entendre que ce qui répondait à ses propres croyances. Elle voulait oublier la valise et la feuille froissée brandie devant elle ; ne resterait que cet instant suspendu où toute une foule s'était levée pour l'acclamer.

Elle avait bien sûr conscience de la banalité du spectacle de fin d'année. Elle savait que les parents d'élèves seraient toujours prêts à encourager leur progéniture, et que cela ne la mènerait pas dans les hauteurs littéraires qu'elle avait, un jour, espéré atteindre. Mais elle était heureuse d'occuper cette place au centre, la certitude d'exister au milieu de toutes ses périodes de doute. Ce soir-là, elle était vivante : elle sentait les battements de son cœur dans sa poitrine, elle pouvait entendre son sang parcourir ses veines, tout son corps ainsi en mouvement était pour elle comme une renaissance.

Elle vécut la soirée en étant aussi présente qu'il lui était possible de l'être. Elle profita de chaque moment, accueillit les poignées de main, les compliments, tout en arborant le sourire adéquat. Elle aimait cette nouvelle peau, ce rôle dans lequel elle s'était glissée avec tant de facilité. Pendant quelques secondes, elle s'imagina ailleurs, dans une situation plus proche de cette réalité rêvée dans laquelle elle plongeait parfois.

Lorsque la chapelle se vida, Marie traversa la cour pour se rendre dans la salle de musique. Elle s'assit au piano et se mit à jouer l'unique morceau dont elle se souvenait, la « Valse minute » de Chopin. Dernière réminiscence de son passage au conservatoire, ultime vestige de toutes ces années passées à s'entraîner. Quand elle avait compris ses propres limites, elle avait arrêté de jouer, très soudainement et définitivement. Ne subsistaient que ces rares moments d'abandon où elle laissait courir ses doigts sur le clavier, et où son plaisir ne souffrait aucun jugement, aucune comparaison.

Marie n'entendit pas Jade pousser la porte et elle sursauta lorsqu'elle aperçut son visage au-dessus du pupitre. Elle cessa aussitôt de jouer et rabattit le couvercle sur le clavier d'un geste brusque.

— Jade ! Tu m'as fait peur.

L'adolescente semblait agitée, probablement fatiguée de l'excitation provoquée par la soirée. Elle félicita Marie et lui demanda, la voix presque tremblante, si elle pouvait s'asseoir à côté d'elle.

La jeune femme acquiesça et, en se poussant, elle remarqua un épais dossier dépassant du sac de l'adolescente.

— Je voulais vous féliciter, murmura-t-elle. J'ai passé un moment extraordinaire... Et puis, c'était très bien écrit.

Elles parlèrent ensemble de l'intrigue et finirent par discuter de théâtre en général et de leurs pièces favorites. Pendant un instant, très bref, Marie s'abandonna dans une connivence quasi naturelle. Leurs idées se répondaient et s'enchaînaient sans qu'elle ait besoin de clarifier ou d'expliquer quoi que ce soit. C'était une discussion entre deux égales, deux passionnées de littérature. Durant ces quelques minutes, Marie imagina la possibilité d'une trêve. Jade redevenait cette adolescente maladroite qu'il fallait accompagner ; elle retrouvait son corps de chair et d'os et son humanité. Mais ce maigre répit se termina à la minute où Jade sortit l'imposante liasse de feuilles de son sac, et qu'elle la posa devant Marie.

— C'est mon roman...

En parlant, elle s'était redressée, elle semblait plus grande, plus forte.

— Je l'ai écrit pendant les vacances d'été, je ne l'ai montré à personne... Mais vous... je voudrais que vous le lisiez.

Puis elle se tourna vers Marie et attendit. Une réaction, un mot, n'importe quoi. Mais l'enseignante resta silencieuse. Elle observait le tas de feuilles devant elle et demeurait muette.

— Merci... finit-elle par articuler.

Jade, empressée, lui précisa qu'elle voulait son avis, le seul qui comptait pour elle. Elle s'était rapprochée d'elle, son épaule allant jusqu'à toucher celle de Marie. Elle cherchait, dans cette proximité, à confirmer une complicité, un lien qui lui semblait vital.

Pour combler le silence qui s'était installé entre elles, l'adolescente poursuivit sur son envie d'écriture et précisa qu'elle se tournerait peut-être vers l'enseignement. Marie la regardait, sidérée ; elle comprit que la jeune fille venait de l'humilier. En lui confiant son roman à ce moment précis, Jade n'avait qu'un but : lui rappeler son insignifiance. Quand l'adolescente écrivait des romans, Marie mettait en scène une pièce dans un lycée de province. Elle se sentit alors ridicule et pathétique, et elle eut envie de disparaître.

Jade venait de piétiner toute sa soirée, et elle refusa d'y voir autre chose que la preuve de son égoïsme.

Aussi, quand la jeune fille lui offrit une cigarette et lui proposa de l'accompagner dehors, Marie refusa-t-elle catégoriquement.

— Je ne voudrais pas que l'on me voie fumer avec une élève, affirma-t-elle, tranchante.

Elle chercha d'autres mots, d'autres reproches désagréables à lui faire. C'était la réponse épidermique au sentiment d'échec qui l'accablait. Mais elle se contenta de la regarder partir et de ne pas lui rendre son sourire quand son élève quitta la pièce.

Enfin seule, elle se remit à jouer. Elle continua la valse de Chopin et répéta l'enchaînement jusqu'à l'épuisement, trouvant dans cette alternance de deux notes – *si* bémol et *la* bémol – un palliatif à la douleur qui lui étreignait la poitrine. Dès qu'elle finissait le morceau, elle recommençait, mais ses doigts, raides et gonflés, l'empêchèrent de poursuivre. Alors elle s'arrêta et resta très droite, face à la porte. Elle essaya de contrôler la vague qui commençait à l'envahir, de repousser les images qui l'assaillaient en rafales. L'immense gâchis de son existence lui explosa au visage, et elle ne put que laisser tomber ses poings serrés sur le clavier. Elle écrasa les touches, balançant ses poings au hasard, c'était sa façon à elle de crier et de laisser sortir son désespoir.

Elle s'interrompit lorsqu'elle entendit du bruit dans le couloir.

Marc la cherchait et voulait la féliciter. Il la trouva assise devant le piano et lui proposa de l'accompagner dans la salle de pause.

— Il reste un fond de bouteille de vin… Je pensais qu'on pourrait célébrer ta réussite ensemble.

La jeune femme lui lança un regard vide et songea brièvement à refuser. Puis elle se rappela qu'elle était seule, que personne ne l'attendait ; peut-être que personne ne l'attendrait plus jamais.

Elle le suivit dans le couloir, et traversa avec lui la cour qui menait au bâtiment principal. Ils marchaient en silence et le visage de Marc, dans la nuit, lui paraissait plus terne. Elle ne retrouva pas ce charme discret qu'elle lui avait attribué en début de journée, mais n'en ressentit aucune tristesse. Quand il déboucha la bouteille, Marie resta près de la fenêtre, et elle vida d'une traite le verre qu'il lui tendit.

Elle l'écouta parler très distraitement, concentrée sur le platane au tronc fatigué qu'elle apercevait à travers la vitre. Elle avait toujours trouvé un certain réconfort dans l'observation des arbres, cette immobilité face à la vie qui défile la rassurait.

— Marie ?

Il voulait son avis, lui parlait de son ex-femme et de ses enfants qu'il ne voyait plus assez. Puis il se resservit du vin et renversa la moitié de son verre sur son pantalon beige.

— Ils ne vont pas tarder à fermer les grilles, dit-elle alors.

Quand il se leva pour se rapprocher d'elle, Marie ne réagit pas. Très maladroitement, il passa un bras autour de ses épaules. La jeune femme se tourna vers lui, interdite. Il était alcoolisé, le front luisant, et surtout, très mal à l'aise, gêné de cette proximité qu'il avait probablement longuement hésité à créer.

Pourtant, elle ne le repoussa pas. Elle se souvint de l'attirance que Claire avait toujours éprouvée pour Marc. Elle pensa qu'à ce moment précis, c'était elle, Marie, qu'il désirait. Elle eut alors un besoin viscéral de possession : elle voulait prendre pour oublier tout ce qu'on lui avait pris.

Lorsque Marc l'embrassa, elle cessa enfin de penser au manuscrit qui la narguait dans son sac.

# – 8 –

Ils furent interrompus par quelques coups discrets frappés à la porte. Le concierge les avertissait que le lycée allait fermer, et qu'à part les internes, personne n'était autorisé à rester.

Marc quitta la salle de pause à regret, et Marie lui glissa à mi-voix qu'ils feraient mieux de partir séparément. Elle attendit de le voir disparaître au bout du couloir pour se diriger, lentement, vers la sortie. Elle repensait au contact des lèvres de Marc sur les siennes, revécut le moment où il avait essayé d'introduire sa langue, épaisse et molle, dans sa bouche. Elle avait eu l'impression d'accueillir une limace et avait fermé les yeux de dégoût.

Mais c'était sa faute, après tout.

Tout était sa faute. Paul, Jade. Elle était incapable de vivre sa vie sans toutes ces influences néfastes contre lesquelles elle s'était toujours sentie démunie. Elle devrait pouvoir avancer, ne plus penser à rien, sinon à elle-même. Elle n'avait jamais su s'évaluer sans se comparer, elle n'existait qu'à travers le regard des autres.

Lorsqu'elle arriva chez elle, elle jeta le manuscrit sur son bureau. Elle n'avait pas envie de le lire. Les effets de l'alcool commençaient à se dissiper, et sa conscience d'elle-même, aiguë, presque douloureuse, reprenait le dessus. Non pas qu'elle se détestât complètement : elle avait toujours été satisfaite de son apparence et de son intellect. Mais en vivant avec la certitude de son intérêt, elle vivait aussi avec la menace que quelqu'un d'autre le lui vole. Il n'y avait pas de pied d'égalité avec Marie, elle était soit au-dessus, soit en dessous. Et jusqu'à aujourd'hui, elle avait toujours réussi à éviter les situations qui la confronteraient à ses propres limites. Elle préférait abandonner, plutôt que de se sentir rabaissée.

Elle se rappela son dernier concours de piano, où un nouvel élève avait exécuté une mazurka avec une perfection qu'elle n'atteindrait probablement jamais. Le lendemain, elle avait annoncé à ses parents et à son professeur que le piano ne l'intéressait plus. Et pendant des années, elle n'avait plus touché un clavier.

L'écriture était le seul îlot d'espoir auquel elle s'était accrochée. Elle revivait sans fin le début de gloire qui avait suivi la publication de sa nouvelle. Elle se rappelait avec une précision quasi chirurgicale le sentiment d'ivresse, ce vertige qui l'avait envahie lorsqu'elle avait compris qu'enfin ses capacités avaient été reconnues et légitimées par d'autres qu'elle-même.

Elle aurait voulu que ce moment lui appartienne, exclusivement, que personne ne vive jamais la même chose.

*
* *

Marie, exténuée, s'allongea sur son lit. Elle enfouit son visage dans les draps, qui portaient encore l'odeur de Paul. La douleur, jusque-là anesthésiée par la soirée et le vin, lui sauta à la gorge. C'était une véritable agression, une gifle qu'elle n'était pas certaine de pouvoir supporter.

Paul l'avait quittée, il l'avait abandonnée. Elle se remémora leurs échanges, tous ses signes qu'elle n'avait pas su interpréter. Elle vivait sa solitude comme une honte, qu'il faudrait cacher. Finirait-elle comme Claire, à parler de ses rendez-vous manqués, à en rire pour ne pas en pleurer ? Devrait-elle s'inscrire sur des sites de rencontre, Tinder, Bumble, et d'autres noms anglais à deux syllabes qui étaient censés susciter l'excitation ?

Elle trouvait que toutes ces rencontres provoquées étaient terribles et fausses. Elle s'imagina se préparer, mettre une robe et se diriger vers un bar quelconque, où elle se forcerait à sourire, à rire à des plaisanteries stupides. L'homme en face d'elle attendrait quelque chose. D'ailleurs, ils attendraient tous les deux quelque chose, une rétribution pour toutes ces heures passées ensemble, sans autre but commun qu'un coït triste, froid.

Elle décida finalement d'aller dans son bureau et de lire le manuscrit de Jade. Noyée dans sa douleur, elle y voyait une échappatoire, un moyen d'annuler sa souffrance en l'opposant à une autre souffrance peut-être plus forte.

Elle se doutait du déferlement de sentiments, elle pressentait confusément qu'une vague s'avançait vers elle et la submergerait.

## – 9 –

*De cette aventure, il ne me reste rien, de nos étreintes, il me reste tout. Un jour, je t'oublierai, un jour, je m'oublierai. Mais aujourd'hui, aujourd'hui j'écris et je me souviens de cette adolescente dont tu as parcouru le corps. Cette fille, c'était moi, c'est moi, mais elle n'existe plus.*

*Ceci est mon corps, Jade Cléant*

La réalité de son talent lui explosa au visage. Le style était fluide, simple, mais un souffle inexplicable habitait déjà ces quelques lignes. Elle ne pouvait s'empêcher de tourner les pages, retenant sa respiration à chaque fin de phrase, caressant le papier jusqu'à vouloir faire corps avec lui – comme pour se rapprocher de cette histoire qu'elle n'aurait jamais été capable d'écrire –, tissant une relation organique avec le manuscrit à défaut d'en avoir été l'auteure.

Elle réalisa à ce moment-là qu'elle ne serait jamais écrivaine, et surtout, qu'elle ne l'avait jamais été. Elle comprit alors l'étendue du talent de Jade, et qu'elle-même ne s'en approcherait jamais. Cette certitude l'anéantit.

Elle s'assit sur son lit et essaya de respirer profondément. Elle gonfla sa cage thoracique, fit remonter l'air de son ventre jusqu'à sa poitrine. Elle voulut soulager l'océan d'injustice qui la consumait.

Elle pensa à ce biopic sur Mozart, se rappela Salieri, et l'évidence la transperça comme une lame de couteau : elle était Salieri.

En dix ans, jamais elle n'avait été capable d'écrire quelque chose de comparable.

Que devait-elle faire ? Encourager Jade ? La pousser vers les hauteurs et subir l'échec et l'ombre, cette ombre qui l'engloutirait et la précipiterait vers une vie sans saveur ? Endurer le talent d'une autre, rester cette prof de français dont personne ne se souviendrait jamais ?

La tête dans les mains, elle se laissa aller à pleurer. Qu'il était doux, de s'apitoyer sur son sort. Après tout, que pouvait-elle faire de plus ? Discrète, sans force, sans audace, elle ne pourrait que regarder Jade devenir ce qu'elle-même ne serait jamais.

La jeune fille avait seize ans, la vie devant elle, et de l'or dans les mains.

Elle-même n'avait rien.

Marie reprit le manuscrit et le lut d'une traite. Son visage ne traduisait plus aucune émotion, seule la ride de son front, parfois, se creusait.

L'histoire était triste, magnifique, universelle ; une jeune fille tombe sous le charme de son professeur et raconte leurs ébats sans fard, sans chercher le sensationnel ni le vulgaire. Les quelques maladresses de style traduisaient, mieux que n'importe quelle métaphore, les états d'âme de l'héroïne. Il n'y avait rien à couper ou modifier.

Marie fixa le mur en face d'elle pendant un long moment. Tout son corps était en tension, les muscles de ses cuisses, de son cou, tout son être criait et pourtant elle ne bougeait pas, elle restait là, inerte, la mâchoire serrée. Enfin, elle se leva et se dirigea vers la cuisine d'un pas lent, presque mécanique.

Elle se servit un verre de vin, tout ce dont elle était capable. Comment continuer à vivre en sachant que ce manuscrit était là, tout proche ? Comment reprendre le cours de cette existence morne, terne, alors que Jade avait probablement écrit un chef-d'œuvre ? Le mot était fort, peut-être. Marie ne faisait jamais dans la demi-mesure. Mais elle sentait au plus profond d'elle-même qu'elle venait d'assister à une sorte de miracle, la naissance d'un écrivain.

*

*   *

Marie n'avait pas dormi. Elle n'avait pas pu fermer l'œil. Dès que son environnement disparaissait, ses pensées se mettaient à tourner dans une ronde infernale, comme si la suppression d'un de ses sens décuplait sa capacité de réflexion. Elle voyait les mots de Jade se dérouler devant elle, et elle avait même fini par rêver de cette aventure passionnée et passionnante. Elle était L., l'héroïne de Jade, qui rencontre A., son professeur de musique. Ils se découvrent, se jaugent. A. toise L., il lui reproche son inculture, sa jeunesse. Pourtant A. veut L.

Et L., malgré son âge et malgré tout le reste, désire A. et s'abandonne totalement à lui.

L'histoire se termine lorsque la jeune héroïne est abandonnée, abruptement, par son amant. Ce dernier déchire la lettre qu'elle lui a écrite et rompt tout contact avec elle sans explication.

Marie se demanda aussitôt où se trouvaient les limites entre fiction et réalité. Jade avait-elle vécu une histoire avec l'un de ses professeurs ? La narration était si spontanée qu'elle avait parfois eu l'impression de lire un journal intime.

Pourtant, la haine qu'elle ressentait coupa court à ses questionnements. Peu importait le passif de Jade, seule comptait la qualité littéraire, écrasante, humiliante. Elle lui en voulut pour cette expérience peut-être vécue, elle lui en voulut d'avoir acquis la maturité nécessaire pour en faire un roman aussi abouti.

Elle-même, en évitant tout ce qu'elle considérait comme bas, vulgaire, s'était coupée de toute une partie de sa vie. Non pas la vie rêvée et fantasmée dans laquelle elle se complaisait, mais la vie qui blesse, qui vous abandonne, exsangue, mais plein de cette sève vitale et nécessaire au processus créatif.

Marie y trouva aussi des références, à *Lolita*, à *Abélard et Héloïse*, et à *L'Amant* de Duras. Jade avait mobilisé toute sa culture littéraire pour écrire une histoire d'amour flamboyante sans être ostentatoire, transgressive sans jamais tomber dans le scabreux.

Désarmée face à l'onde de choc provoquée par le roman de Jade, Marie se rendit au lycée la mort dans l'âme. Elle avait hésité à rester chez elle, mais elle savait qu'elle serait incapable de résister à l'envie de relire, encore et encore, le manuscrit de l'adolescente.

Elle y cherchait des failles qui n'existaient pas. Elle traquait sans relâche une preuve, n'importe laquelle, qui aurait pu attester l'inconsistance du talent de la jeune fille, son imposture.

Lorsqu'elle arriva devant sa salle de classe, elle aperçut Jade qui venait de pousser la porte du bâtiment principal.

Cette dernière lui fit un signe de la main que Marie reçut comme une gifle. Noyée dans ses pensées obsessionnelles, elle ne voyait plus la jeune fille. Elle n'appréhendait plus que ce qui nourrissait sa haine, la faisait grandir jusqu'à la transformer en monstre, hideux, absolu.

Et le monstre s'était emparé de Marie, il s'était étiré en elle comme ces insectes qui ne peuvent croître qu'en dévorant leur hôte.

## – 10 –

Au retour des vacances de Noël, Marie adopta le comportement le plus susceptible de blesser la jeune fille, elle l'ignora. Au cours de ces quelques mois, elle avait appris à connaître l'adolescente, ses peurs, ses faiblesses, elle devinait sa peur de l'abandon, rampante et tapie dans l'ombre.

Et tout en étant consciente de ses agissements, elle jouissait du mal qu'elle lui infligeait. Elle prenait plaisir à trancher dans le vif, à couper net ce rayonnement discret qui entourait Jade comme une aura. Elle voulait la regarder perdre confiance, elle voulait la regarder dépérir dans un environnement qui n'était pas le sien. Jade était sur le terrain de Marie, elle était une intruse.

L'adolescente perdit totalement pied dans ce jeu malsain. Elle n'essaya pas de répondre, ou de comprendre, elle ne voulait que reconquérir Marie. Elle commença par lui laisser des livres sur son bureau, alors que la jeune femme avait déjà quitté la salle de cours. Elle lui avait même écrit un court texte pour lui demander de ses nouvelles. La jeune femme, lorsqu'elle l'avait trouvé, l'avait jeté à la poubelle.

Elle s'était appliquée, les lèvres pincées, à ce que le mot reste bien visible au sommet de la pile de papier, et quand elle avait croisé la femme de ménage, elle lui avait demandé de ne pas vider sa poubelle de bureau.

Puis Jade avait doucement plongé dans un état quasi mutique. Elle ne parlait plus en classe, avait troqué ses tenues colorées contre de larges tee-shirts informes. Elle allait mal, c'était visible, mais à mesure que l'élève s'effaçait peu à peu, Marie reprenait vie.

Pourtant, celle-ci ne s'était jamais réjouie de la peine d'autrui. Elle y était souvent aveugle, mais elle ne prenait pas plaisir à voir souffrir. Si elle en était arrivée là, c'était le fait de longs et complexes mécanismes mentaux nourris depuis des années à la frustration et l'échec. Mis en branle, les rouages infernaux ne pouvaient plus être arrêtés.

Allant jusqu'à remettre l'existence même de Jade en question, il lui arrivait parfois de dissocier encore la jeune fille de la représentation qu'elle s'en faisait. Elle voyait Jade et n'y assimilait plus toute cette rancœur qu'elle gardait au fond d'elle-même. Dans ces rares moments, elle parvenait à interagir normalement avec l'adolescente, qui continuait à participer pendant les cours de français. Marie la regardait, lui donnait la parole et lui répondait comme à n'importe quel élève. Alors la poitrine de Jade se soulevait d'espoir, elle souriait, convaincue que sa vie d'avant ne tarderait pas à reprendre. La douleur qui s'ensuivait était chaque fois plus accablante.

Quelques jours après le début du mois de février, elle n'y tint plus. Elle attendit que Marie finisse sa dernière heure de cours et se glissa dans sa salle de classe.

Elle prit soin de fermer la porte derrière elle et s'assit face au bureau de l'enseignante.

Lorsque Marie la vit, si frêle et pâle, elle soupira. La jeune fille jouait avec le porte-clés accroché à la fermeture Éclair de son sac, une sorte de tennis jaune ornée d'un pompon. Elle le faisait passer entre ses doigts dans un effort évident pour calmer sa nervosité.

— Jade… Bonjour.

Les mots jaillirent de la jeune fille de manière erratique et désordonnée, c'était une véritable litanie, un monologue que Marie laissa dérouler les bras croisés, insensible à cette fébrilité tout adolescente. Jade s'excusait, lui demandait ce qu'elle avait fait de mal, et s'excusait encore. Elle voulait retrouver leur complicité, elle voulait reconquérir sa confiance, lui prouver qu'elle la méritait.

Marie l'observait, une partie d'elle-même se réjouissait de la souffrance qu'elle lui infligeait. Malgré la détresse évidente de la jeune fille, elle ne ressentait aucune empathie. Elle ne lui sourit pas, ne lui accorda aucune parole réconfortante. Elle ne voulait qu'une seule chose : que Jade sorte de sa vie. Alors elle la coupa d'un geste brusque de la main, et lui fit signe de se taire.

Jade en resta muette, les yeux agrandis, comme ces poissons aux globes oculaires énormes que l'on peut apercevoir dans les aquariums.

— Je n'ai pas le temps pour tout ça, Jade.

Elle insista sur son prénom, qu'elle répéta plusieurs fois. Elle lui expliqua qu'elle n'était pas sa seule élève et qu'elle n'avait pas le temps de lui donner des cours particuliers.

Marie avait réfléchi très posément à tout ce qu'elle allait lui répondre. En prévision de ce jour, elle s'était postée plus d'une fois devant le miroir de sa chambre, s'était mise à parler devant une Jade imaginaire, presque aussi pâle et effacée que l'originale. Elle avait créé un argumentaire implacable en plusieurs parties, dans le seul but de la blesser et de lui infliger le plus de douleur possible. Elle utiliserait le peu de pouvoir qu'elle avait en tant que professeure. Elle l'utiliserait jusqu'au bout car elle savait que, très vite, Jade prendrait toute la place.

Le menton de l'adolescente s'était mis à trembler, tout son corps frissonnait, malgré la chaleur qui régnait dans la salle de classe en cette fin de journée.

— Et mon roman, dit-elle enfin. Est-ce que vous l'avez lu ?

Marie n'eut pas envie de lui répondre, elle voulut hurler et lui jeter son manuscrit au visage.

— J'ai commencé. Mais je n'irai pas au bout.

Jade enroula une mèche de cheveux autour de ses doigts et demanda, d'une voix faible :

— Pourquoi ?

— J'ai eu du mal à comprendre comment cette très jeune fille a pu se laisser avoir par son professeur. Il profite d'elle et elle en redemande. Et puis, c'est un peu cliché.

Marie se leva et commença à ranger ses affaires dans sa sacoche en cuir. Elle avait pris un air très détaché, comme si le roman de Jade n'était qu'un texte parmi les autres.

— Personne ne croira à l'histoire, répéta-t-elle. Mais c'est bien que tu aies envie d'écrire. Il faut persévérer.

— Je n'écrirai pas d'autre roman, murmura l'adolescente. Je n'écrirai plus.

Elle quitta la salle sans se retourner.

# – 11 –

On apprit la mort de l'adolescente quelques jours plus tard. Après cet échange avec Marie, elle n'était pas revenue au lycée. Des professeurs s'étaient inquiétés et, lorsque le proviseur avait appelé Karine, celle-ci lui avait annoncé, d'un ton apathique, que Jade était à l'hôpital entre la vie et la mort.

La nouvelle fit l'effet d'une déflagration pour le lycée Saint-Joseph. Dans ce milieu protégé et privilégié, les jeunes filles ne mouraient pas ; et l'on pouvait apercevoir l'ensemble des élèves marcher d'un pas très lent, étrange ; comme mécanique ; sidérés par la nouvelle qui n'avait pas de place dans le monde-bulle qu'ils s'étaient construit.

Jade était restée dans un entre-deux pendant trois jours. Elle était morte le quatrième jour, seule.

Quand Karine avait été prévenue, elle s'était effondrée. C'était elle qui avait trouvé sa fille dans la baignoire. Elle rentrait d'une nuit de garde, harassante ; elle rêvait de s'immerger dans l'eau chaude et d'oublier tout le reste. Comme à son habitude, elle avait appelé Jade depuis l'entrée. Elle rentrait généralement pour petit-déjeuner avec elle, aimait s'asseoir en face d'elle et la regarder manger ces céréales trop sucrées qu'elle affectionnait tant. Mais quand elle avait poussé la porte, Jade n'était pas là. Elle avait pensé qu'elle ne s'était pas réveillée et s'était faufilée dans sa chambre pour se glisser sous les draps à côté d'elle ; comme quand sa fille était enfant, et qu'elle la réclamait encore.

Mais Jade n'était pas là.

Ce fut le bruit qui l'attira dans la salle de bains. Un bruit de gouttes d'eau qui s'écrasent au sol. En y repensant plus tard, elle réaliserait qu'elle n'avait pas eu ce pressentiment atroce qu'ont certaines mères. Elle n'avait pas senti la boule se former au creux de son plexus, n'avait pas éprouvé d'angoisse ; la certitude du malheur ne l'avait même pas effleurée.

Alors elle avait frappé, doucement, et comme sa fille n'avait pas répondu, elle était entrée très naturellement. Elle avait mis quelques secondes à réaliser, le sang, les poignets ouverts tournés vers le plafond. Elle n'avait pas crié, elle s'était précipitée vers Jade qui était encore à demi consciente. Elles avaient échangé un regard, et Karine, lorsqu'elle fermerait les yeux, verrait toujours sa fille dans ses bras, et ce dernier contact serait pour elle comme un trésor.

Car Jade n'était plus. Jade était partie et Karine n'enfouirait plus jamais son visage dans les cheveux fins qui perlaient au creux de sa nuque.

*

* *

Le corps enseignant se réunit le lendemain du décès de l'adolescente. Si la nouvelle de sa mort s'était déjà répandue parmi les élèves, les circonstances étaient restées confidentielles. Le choc était déjà immense, l'annonce du suicide aurait été un véritable séisme.

Le proviseur avait convoqué une réunion extraordinaire dans la Grande Chapelle. Chacun était assis autour d'une table rectangulaire, le regard fuyant, cherchant quelque chose qui n'existait pas, du courage peut-être, pour annoncer l'événement à ses élèves. Quelques professeurs prirent la parole pour dénoncer l'absence de psychologue au sein du lycée ; d'autres exprimèrent leur angoisse face à cette période charnière et dangereuse que traversaient leurs élèves, qu'ils n'étaient pas formés pour les accompagner.

Personne n'évoqua Jade ; personne ne voulait prononcer son prénom. Lors de cette réunion formelle, il n'était plus question de l'adolescente, seulement de l'incompréhension des adultes face à un geste qu'ils jugeaient absurde.

Marie, affaissée à côté de Claire, attendait. Depuis la nouvelle de la mort de Jade, elle évoluait dans un monde confus qu'elle ne comprenait plus. Elle revivait ses derniers moments avec la jeune fille, la revoyait tourner les talons et partir très discrètement, son sac à dos sur l'épaule. Elle repensait à leurs échanges, mais la culpabilité qui affleurait ne pouvait percer l'épaisse armure construite depuis des mois. Pour elle, c'était comme si la jeune fille était partie en voyage. Elle avait ressenti un soulagement insupportable, monstrueux, lorsqu'elle avait pris conscience que Jade ne faisait plus partie de son monde.

Cela avait été sa première réaction et, aujourd'hui, elle était incapable de regarder ses collègues dans les yeux.

Le processus de déshumanisation de Jade avait été irréversible.

*
* *

Une cellule psychologique fut mise en place. Marie, comme le reste des enseignants, dut participer à une « session de dialogue », pour échanger avec ses collègues et trouver ensemble des « pistes de reconstruction ». Ce furent les termes exacts utilisés par le proviseur ; et personne ne s'y opposa.

Claire, cependant, refusa de s'y rendre. Depuis la disparition de Jade, elle arrivait le matin, la tête basse, les yeux cernés, perpétuellement au bord des larmes. Quelques jours avant les vacances de février, elle partit en arrêt maladie. Elle avait écrit un mot au proviseur pour lui annoncer, très laconiquement, qu'elle était à bout. Et quand Marie lui envoya un SMS, elle ne répondit pas.

Marie, au contraire, s'était épanouie dans la session organisée par le lycée. Elle avait été la première à prendre la parole. Elle y avait déversé cette colère qu'elle ressentait encore lorsqu'elle pensait à Jade. Elle avait retourné chacune de ses pensées, les modelant autour d'une colonne vertébrale imaginaire : sa considération pour Jade.

Sa colère n'avait plus pour source la jalousie qui avait poussé en elle, incontrôlable et irrépressible ; elle l'avait habillée en une réaction saine, qu'elle devait partager avec tous. Après tout, Jade n'avait prévenu personne. Elle était restée enfermée en elle-même, sourde à toutes les sollicitations de ses professeurs.

Et même si quelques voix s'élevèrent pour protester, pour dire que la jeune fille avait été seule dans sa peine et dans son mal-être, la plupart des enseignants arrivèrent à la même conclusion : ce n'était pas leur faute ; ce n'était la faute de personne. Il serait stérile de chercher à tout prix un coupable, il fallait aller de l'avant et penser aux élèves.

Marie fut motrice dans la recherche de solutions ; elle proposa des trames écrites à distribuer aux professeurs pour savoir quels mots utiliser face aux adolescents. Elle trouva dans l'action un remède temporaire à tous les sentiments conflictuels qui se bousculaient en elle.

En se suicidant, Jade avait, très brièvement, refait surface dans l'esprit de Marie. Elle s'était brusquement matérialisée en corps sensible et palpable, mais Marie refusait de se sentir en faute. Elle niait la haine, l'envie qui la dévoraient jusqu'à la moelle ; elle écartait la culpabilité en la jetant en pâture à ses collègues pendant la session de dialogue.

Parler la soulagea, parler lui donna l'impression de faire partie d'un tout plus grand qu'elle.

Elle avait failli, mais les autres enseignants aussi.

# – 12 –

L'enterrement eut lieu à la toute fin du mois de février, par une journée glaciale et venteuse, avec un ciel très gris qui jetait sur le cimetière une lumière blafarde.

Marie marchait entre les tombes en compagnie de Claire. Les deux femmes s'étaient donné rendez-vous quelques minutes plus tôt dans un café non loin du cimetière. Claire avait été incapable d'avaler quoi que ce soit et elles avaient décidé de rejoindre le reste de leurs collègues devant les grilles, leur couronne de fleurs à la main.

Claire ne parlait pas, elle semblait totalement imperméable au spectacle du monde qui se déroulait devant elle. Elle sortit finalement de son silence pour murmurer, d'une voix blanche, qu'elle ne comprenait pas. Elle répétait cette phrase en boucle, imitée bientôt par certains enseignants, visiblement choqués par le cercueil que l'on pouvait apercevoir au loin.

Karine attendait, très digne, à côté de trois hommes en noir, le visage fermé et solennel. Ils étaient en retrait, familiers de ce type d'événement et parés à toute éventualité. À l'exception de la mère et de quelques élèves, le cimetière était vide. On entendait seulement le bruit morne, inquiétant, du vent qui siffle entre les tombes.

Karine avait refusé l'église, les discours, comme tout ce qui aurait pu prolonger son supplice. Elle ne voulait pas de tout ce cérémonial autour de la mort de sa fille. Elle voulait rentrer chez elle et célébrer son existence. Elle voulait repenser à son rire, à cette fossette qui apparaissait parfois sur sa joue gauche. Elle voulait rester seule avec tout ce que Jade avait laissé derrière elle : les cheveux sur sa brosse dans la salle de bains, le paquet de céréales ouvert, le tube de rouge à lèvres tombé derrière le lavabo.

Cette boîte en bois devant elle ne signifiait rien.

Elle fit cependant semblant, sourit aux élèves venus rendre hommage à leur camarade, serra quelques mains. Quand les hommes en noir lui firent un signe discret, elle acquiesça et regarda, les yeux vides, sa fille disparaître dans ce trou atroce qu'elle avait refusé de voir lorsqu'elle était arrivée. Elle y jeta quelques pétales de rose avant de se retourner et de quitter le cimetière.

Elle fuyait cette réalité qui la rattrapait : le bruit des pelles et la terre qui recouvre tout.

Son départ dispersa les derniers quidams qui s'étaient agglutinés autour de la tombe de Jade, les mains pleines de pétales de roses défraîchis. Le cimetière se vida doucement, tandis que Claire restait devant le cercueil, des larmes qu'elle n'essayait pas de retenir dégoulinaient le long de ses joues. Marie s'approcha d'elle et essaya de la prendre dans ses bras.

— Claire ?

La jeune femme ne répondit pas à son étreinte, elle se tenait droite, les bras collés le long du corps.

— Il n'y a rien à dire, glissa-t-elle dans un souffle. Rien du tout.

Elles se quittèrent devant la sortie. Claire lui fit un signe de la main et monta dans sa voiture. Elle démarra et Marie put l'apercevoir, en larmes, disparaître au coin de la rue.

Elle resta un moment devant les grilles, pensive, elle peinait à concevoir que Jade désormais serait sous terre et qu'elle ne la verrait plus parcourir les couloirs son livre à la main. Ce n'était pas de la tristesse : plus une sidération face à l'irruption de la mort dans sa vie.

Elle jeta un dernier coup d'œil aux hommes en noir qui, avec leurs pelles, recouvraient consciencieusement le cercueil d'un tas de terre noire et lourde. Elle les imagina alors autour d'une table en train de parler boulot, l'absurdité de la situation lui donna envie de rire.

Alors qu'elle partait aussi, elle vit Samuel immobile devant la tombe. Il murmurait quelque chose pour lui-même, ses lèvres bougeant à peine. Enfin, il déposa une rose, le visage fermé, sur le tas de terre.

Tout était fini.

# – 13 –

Claire ne retourna pas au lycée après les vacances. Son arrêt maladie avait été prolongé pour dépression. Quant à la cellule psychologique, elle prit fin dès la rentrée. Peu d'élèves avaient accepté de parler de l'adolescente, et le psychologue mobilisé pour l'occasion avait quitté le bureau dans lequel il avait été installé. Seuls quelques enseignants s'y étaient rendus, abattus par l'ambiance de plus en plus morose qui régnait à Saint-Joseph.

Marie évoluait dans un état étrange sur lequel elle peinait à mettre des mots. Elle se sentait vide, d'autant que Paul était définitivement parti, emportant toutes ses affaires. Il était venu un jour dans une voiture qu'elle ne reconnut pas. Celle d'une collègue, lui avait-il dit sans plus de précision. Ils en étaient au stade où les précisions deviennent futiles, chacun vivant désormais sa propre vie. Il avait entassé ses vêtements et ses livres dans un carton, et lui avait généreusement laissé le mixeur, ainsi que cet appareil qu'ils avaient acheté ensemble pour faire de la soupe.

Ils ne s'en étaient jamais servis, et il trônait, presque insolent, dans un coin du plan de travail.

Marie l'avait suivi sans s'en rendre compte, accompagnant chacun de ses déplacements d'un soupir. Elle lui réclama le micro-ondes, qu'il finit par lui laisser, probablement pour en finir plus vite. Quand il partit, ils s'étaient regardés, assez longuement. Paul semblait désolé. Il l'avait prise dans ses bras et quand elle avait essayé de l'embrasser, il avait détourné la tête. Elle l'avait fait par réflexe, et cet ultime rejet l'avait plongée dans une détresse qu'elle ne put apaiser qu'en vidant une bouteille de vin abandonnée au fond d'un placard. Elle buvait de plus en plus, essayant de se rapprocher du désespoir aperçu dans les yeux de Claire. Car la mort de Jade lui restait étrangère, elle était toujours incapable d'éprouver une quelconque douleur en pensant à l'adolescente. Elle se forçait, parfois, à se la représenter seule dans sa baignoire, les poignets en sang. Elle s'y forçait car elle recherchait la sensation, l'émotion qui percerait enfin la carapace solide qui l'entourait. Mais elle ne percevait que la colère, et toujours cette petite voix dans sa tête qui lui murmurait que Jade avait eu le dernier mot.

C'était absurde, bien sûr, et indigne d'elle (et de l'image qu'elle avait d'elle-même, elle ne s'était jamais considérée comme malveillante). Mais la façon dont la jeune fille avait quitté sa salle de classe la hantait ; c'était si dramatique, si extrême, et elle pouvait encore entendre le bruit de ses pas résonner dans le couloir.

Elle refusa d'aller voir un psychologue. M. Le Drac lui rappelait, chaque fois qu'il la croisait, cette relation privilégiée qu'elle avait entretenue avec la jeune fille.

— Vous devriez voir quelqu'un, lui répétait-il.

Il était terrifié par la vague d'arrêts maladie qui menaçait désormais son établissement. Pourtant, la vie finit par reprendre le dessus. L'hiver laissa place au printemps, les arbres fleurirent et le ciel, malgré tout ce qui s'était passé, redevint bleu, effrontément.

Les élèves se réunirent pour organiser un hommage à Jade. Ils avaient digéré l'impensable, ne l'évoquant plus qu'entre eux, de temps en temps, presque sur le même ton que lorsqu'ils parlaient de toutes ces histoires de fantômes qui se transmettaient de génération en génération.

Jade rentrait progressivement dans l'histoire du lycée. Bientôt, elle appartiendrait aux légendes du lieu, peut-être même qu'on l'apercevrait, ses tennis rouges aux pieds, hanter l'internat tard le soir.

Marie s'investit discrètement dans la préparation de l'hommage. Ce fut d'ailleurs elle qui suggéra le terme de témoignage, plus simple et naturel. Karine avait refusé toute sollicitation depuis l'enterrement de sa fille, mais accepta de se rendre une dernière fois au lycée pour récupérer ses affaires et parler à quelques enseignants. Elle avait repoussé, une à une, toutes les tentatives du proviseur. Il voulait planter un arbre, une fleur, n'importe quoi pour clore un chapitre qu'il ne maîtrisait pas. Il voulait des discours grandiloquents, l'estrade installée dans la Grande Chapelle, il voulait célébrer quand Karine n'y voyait qu'une nouvelle occasion de faire durer sa souffrance. C'était une blessure béante qui ne se refermerait jamais. Elle finit par se résigner, convaincue par quelques collègues qui lui assurèrent qu'une telle cérémonie était nécessaire. Alors elle se rendit au lycée, la mort dans l'âme. Elle marcha le long de ces couloirs qui avaient accueilli sa fille, poussa ces portes qui portaient, peut-être, les traces d'une main ou d'un coude. Elle se surprit même à toucher un mur en espérant y sentir la peau de sa fille, mais c'était stupide et inutile.

Elle fut accueillie par le proviseur, qu'elle reconnut à peine, il prit ses mains dans les siennes et lui lança un regard plein de commisération. Elle ne le regarda pas dans les yeux, elle n'en avait pas envie. Elle se contenta de le suivre et s'assit docilement sur la chaise qu'il lui désigna. Puis elle accueillit les quelques textes rédigés par les élèves et accepta les témoignages de sympathie du corps enseignant. Elle avait les yeux fixés sur la vieille pendule en face d'elle, suivant l'aiguille des secondes le long du cadran, comptant silencieusement les minutes qui la séparaient de sa délivrance.

Enfin, on consentit à la laisser seule, le temps qu'elle trie les affaires de Jade qu'on lui avait rendues dans une caisse en plastique transparente. Karine utilisait les mêmes dans sa cuisine pour ranger ses ustensiles. Cette irruption d'une réalité jusqu'ici niée lui donna envie de pleurer. La maison qu'elle partageait avec sa fille était devenue un véritable mausolée ; tout ce que Jade avait touché était à sa place, intact. Son parfum trop sucré flottait encore dans la salle de bains, et les cheveux qu'elle laissait un peu partout (elle avait cette manie d'enrouler ses longues mèches châtaines autour de ses doigts) se devinaient encore sur le lino clair de la cuisine.

Karine aurait voulu que la présence de Jade reste dans cette salle de classe, que ses cahiers ne quittent jamais son casier.

Elle finit pourtant par vider le contenu de la caisse dans un vieux sac en toile, qui avait appartenu autrefois au père de Jade. Celui-ci n'avait pas fait le déplacement, il lui avait écrit dans un message lapidaire qu'il n'était pas capable de voir sa fille dans un cercueil. Karine attendait toujours sa participation pour l'enterrement.

Quand elle regarda à travers la porte vitrée, elle aperçut plusieurs élèves qui attendaient dans le couloir. Elle se sentit incapable de leur parler, et la moindre interaction lui parut insurmontable.

Elle saisit l'un des cahiers de sa fille qu'elle feuilleta, essayant de déchiffrer l'écriture fine et penchée. Alors qu'elle le refermait, enfin décidée à quitter cet endroit que Jade ne verrait plus jamais, quelque chose tomba au sol. C'était un bout de papier froissé qu'elle se pencha pour ramasser. Elle l'ouvrit et y découvrit de la lavande séchée, cette même lavande qu'elle avait cueillie avec Jade lors de ces rares vacances passées ensemble. Elle ferma les yeux et se rappela Grasse et ses paysages violets magnifiques. Elle ferma les yeux et revit le sourire de sa fille. Alors elle serra fort la fleur dans ses paumes ; elle la serra jusqu'à ce qu'il n'en reste plus rien, seulement des microparticules qui s'envolèrent et se mêlèrent à la lumière et peut-être, se dit-elle, aux atomes qui, un jour, avaient constitué Jade.

Marie, qui l'avait observée de loin, la regarda quitter le lycée. Elle n'avait pas eu le courage de discuter avec Karine. Pourtant, en la voyant partir, elle eut l'impression terrible que ce vide en elle devenait immense, impossible à combler. Jade était définitivement partie, Jade n'assisterait plus à ses cours et ne parlerait plus avec elle de littérature.

Enfin, la réalité de sa mort apparut devant elle, tangible, certaine, les contours de l'adolescente se redessinèrent, émergèrent d'une brume compacte, jusqu'à ce qu'elle se matérialise complètement, pâle et immobile ; elle attendait devant sa salle de classe, son sac sur l'épaule.

Marie la fixa un moment avant de s'effondrer en larmes.

Elle fut renvoyée chez elle et priée de consulter.

*
* *

Elle resta plusieurs jours dans un état de léthargie proche de la dépression. Elle peinait à se lever et ne parcourait que les quelques mètres qui séparaient sa chambre de la cuisine.

Elle avait cette impression, insurmontable, d'un immense gâchis. Pourtant, Jade ne lui manquait pas réellement. Ce n'était pas son absence qui la plongeait dans cet abîme de tristesse, mais plutôt tout ce qu'elle avait réveillé en elle et qu'elle avait laissé inachevé. Elle lui avait jeté au visage sa banalité, avait souligné toutes ses failles, toutes ses insuffisances.

Marie avait échoué en tant qu'écrivaine, en tant que professeure, et aussi en tant que femme. Paul l'avait quittée, Claire ne répondait pas à ses messages. Elle était seule, douloureusement seule.

Elle se résigna à contacter Marc. Il avait essayé de l'appeler plusieurs fois et lui avait laissé des messages remplis de sollicitude. Il se présenta devant chez elle avec une bouteille de vin, une de ces bouteilles que l'on trouve au supermarché pour quelques euros avec un goût framboise ou pamplemousse.

Quand elle lui ouvrit la porte, il l'embrassa sur la joue délicatement, avant d'entrer et de poser la bouteille sur le comptoir de la cuisine. Il portait son polo noir, et Marie vit de nouveau le tatouage sur son bras : c'était une phrase en anglais sur les limites qui n'existent que dans la tête. Elle le regarda et fut profondément triste, mais elle ne dit rien et se contenta de s'asseoir avec lui sur le canapé.

Il lui parla du lycée, de tout ce qui s'y était passé en son absence. Il parlait vite et buvait vite, probablement pour atténuer la gêne palpable qu'il ressentait entre eux.

Marie termina son verre et le posa à même le sol. Elle le regarda un moment et, sans dire un mot, elle ouvrit son peignoir. Elle portait une robe légère, qu'elle enleva aussi.

Il resta un moment interdit, se disant peut-être qu'il n'était plus habitué à tout ça, à cette danse de séduction étrange. Il se mit à la caresser maladroitement, voulut mordre la pointe de ses seins, mais il se sentait gauche et mal à l'aise. Il se redressa et lui demanda d'aller dans la chambre et d'éteindre la lumière. Marie refusa, lui glissant « J'ai envie de toi ici et maintenant ». Elle lui murmura son excitation à l'oreille, mais ses mots étaient vides car, au fond, elle ne ressentait aucun désir. Elle le touchait, et ses mains étaient froides. Marc se laissa déshabiller, il était pris dans une situation qu'il avait tant rêvée et fantasmée qu'il lui était impossible de reconnaître qu'il s'agissait d'une erreur.

Ils s'embrassèrent sans passion, essayant de trouver dans l'autre une sensualité qui n'existait pas. Enfin, Marie le chevaucha, elle se mit à califourchon sur lui mais, lorsqu'elle voulut qu'il la pénètre, elle sentit son sexe mou sous elle.

— Tu n'as pas envie, chuchota-t-elle.

Il lui assura qu'il la désirait, mit son sexe dans sa main, lui demanda de l'aider. Elle le caressa jusqu'à ce qu'il l'arrête. Ses yeux étaient humides.

— Je suis désolé… Je suis désolé…

Il reparla de son divorce, dit qu'il n'y arrivait plus depuis que sa femme l'avait quitté. Il parla longtemps avant de se lever et de l'embrasser sur le front.

— On essaiera une prochaine fois ?

Marie se força à sourire et lui assura que cette rencontre lui avait fait du bien. Marc s'enfonça alors dans des explications confuses qui les plongèrent tous deux dans un embarras quasi insoutenable, tenta de plaisanter sur son incapacité et sur cette occasion manquée.

Il partit en lui promettant de la rappeler, ce qu'il ne fit jamais. Marie en fut soulagée.

# – 14 –

Son médecin prolongea son arrêt maladie, à condition qu'elle consente à voir un psychologue. Il la trouvait fatiguée, pâle, elle devait se reprendre en main.

Marie n'avait pas eu la force de protester. Depuis plusieurs semaines, elle était dans un tunnel. Elle avançait dans le noir, à tâtons, et elle était bien incapable de comprendre ce qu'elle ressentait.

Ce vide en elle était d'ailleurs des plus étranges. Elle se levait le matin, parfois joyeuse, d'une joie qui ne trouvait sa source nulle part, mais qui lui donnait l'impression, pendant un instant très bref, qu'elle réussirait à tout surmonter, que tout irait bien. Et puis, en quelques minutes à peine, elle était soudainement très abattue. Elle était seule dans cet appartement qu'elle devrait bientôt vendre (elle ne pouvait pas racheter la part de Paul) et ne trouvait de sens dans aucune de ses activités.

Elle avait essayé de lire (des livres qu'elle trouva idiots, sur des femmes qui se font quitter et entament leur reconstruction en rénovant une maison, ou toute autre histoire du même genre), mais n'y avait trouvé aucune consolation. À vrai dire, cette image qu'elle avait d'elle-même l'empêchait d'en tirer un quelconque plaisir, contrairement à Claire. Elle était dans le jugement, dans l'amertume ; ses échecs l'avaient rendue aigrie, elle pouvait passer des heures à protester, seule, contre tous ces ouvrages qui étaient édités alors qu'elle n'avait jamais réussi.

Elle sortait parfois jusqu'au square juste à côté de chez elle, s'asseyait sur un banc et écoutait un podcast. Mais lorsqu'elle voyait des enfants courir à côté d'elle, des couples se tenir la main, la réalité de sa solitude lui revenait comme une gifle.

Elle regrettait le statut social que lui conférait son couple. Elle regrettait ces moments de complicité, qui étaient devenus de plus en plus rares, jusqu'à disparaître.

Alors, quand son médecin l'avait envoyée, presque de force, consulter un psychologue, elle avait accepté.

Elle en avait choisi un au hasard sur Doctolib, elle trouvait que le nom sonnait bien, et puis son cabinet était à quelques minutes de marche de chez elle. Elle avait pris rendez-vous en ligne, avait renseigné son nom, son prénom, intimidée déjà par la perspective de se dévoiler. Mais, enfoncée dans une stupeur de plus en plus lourde, elle y avait vu un moyen comme un autre de s'en sortir. Car Marie, malgré tout, voulait s'en sortir. Par lâcheté ou instinct de survie, elle ne savait pas.

Le jour du rendez-vous, elle se dirigea à pas lents vers le cabinet, qui se situait dans un immeuble assez cossu donnant directement sur le jardin public. Elle pensa que le balcon devait avoir une très belle vue sur le parc et espéra qu'elle pourrait au moins observer les arbres de la chaise ou du fauteuil dans lequel elle devrait s'installer.

Le psychologue, malgré son prénom (Claude) était une femme d'une cinquantaine d'années, à l'élégance discrète. Elle était grande et élancée, et portait un tailleur-pantalon en lin bleu clair. Elle inspirait confiance, probablement grâce à cet air affable mais très professionnel qu'elle arborait lorsqu'elle recevait ses patients.

Elle lut, un sourire paisible sur le visage, la lettre de recommandation du médecin de Marie, et l'invita à s'asseoir en face d'elle sur un canapé. Son cabinet était sobre, avec des murs blancs et quelques tableaux accrochés, représentant des coupelles de fruits et autres natures mortes. Marie s'y sentit bien, malgré ce trou béant qui se creusait dans sa poitrine.

Elle n'attendait rien de ce rendez-vous. D'ailleurs, elle ne voulait pas évoquer Jade. Elle ne voulait pas parler du soulagement ressenti lors de sa disparition ni de tous les sentiments contradictoires et difficilement supportables qui l'assaillaient depuis.

Alors elle parla de Paul. Elle décrivit très précisément leur rencontre lors d'une fête étudiante. Elle révéla des détails sur leur vie intime, retraça le délitement de leur relation. Elle révéla aussi ce sentiment d'échec presque intolérable qui l'empêchait de dormir.

Comme lors de la session de dialogue organisée au lycée après la mort de Jade, elle transforma sa vie, encore une fois. Parler à voix haute lui donnait une impression très plaisante de réalité. Elle arrangeait les faits, les altérant jusqu'à ce qu'ils ne soient plus qu'un fantasme édulcoré. Dans ces conditions, elle s'autorisa à parler de Jade. Elle avoua ses regrets, confessa son incapacité à la sauver.

— Ce n'était pas à vous de la sauver.

Claude venait de l'interrompre d'une voix très douce.

Marie leva vers elle un regard plein de reconnaissance, elle se sentit comprise. Même si elle n'était pas totalement dupe. Mais comme il est plus facile d'ignorer les mauvais côtés des personnes que l'on côtoie, il est aussi plus aisé d'occulter les siens. Marie vivait dans le regard des autres et dans l'image qu'ils avaient pu lui renvoyer. Personne ne lui avait reproché son comportement avec Jade, personne, jamais, ne l'avait mise en défaut.

Elle continua ses séances chez sa psychologue une fois par semaine, reprenant peu à peu une certaine contenance, voire une certaine forme.

Elle dormait mieux, buvait moins, et elle pensait moins à Paul.

Elle avait décidé d'oublier sa relation sexuelle avortée avec Marc et de mettre derrière elle cette partie de sa vie.

# – 15 –

Après plusieurs semaines de repos, le médecin de Marie décida de la renvoyer au lycée. Elle ne protesta pas, elle voyait dans ce retour un moyen de retrouver du sens. Elle se promit de se jeter à corps perdu dans l'accompagnement et l'éducation, elle voulut reprendre sa vie, maintenant que Jade n'était plus là pour la confronter à elle-même.

Mais c'était trop simple. Maintenant que la faille était là, elle ne disparaîtrait plus.

Ces quelques semaines de répit se noyèrent rapidement dans le fleuve du quotidien, au point de n'être plus qu'une tache soluble, presque indétectable.

Elle augmenta la fréquence de ses rendez-vous avec Claude, qui se montra pourtant impuissante à la soulager. Elle l'écoutait, essayait de la guider, mais Marie avait besoin de plus, d'un changement radical.

Le point de bascule eut lieu juste avant l'été, alors que Marie était allongée sur l'herbe dans le petit square qu'elle connaissait par cœur. Elle aperçut Paul qui venait d'y entrer. Elle le reconnut à ses bras fins et couverts de taches de rousseur. C'était l'une de ces particularités physiques qui l'attiraient sans qu'elle comprenne vraiment pourquoi. Paul marchait et tenait par la main une femme aux longs cheveux bruns, leurs corps se balançaient à l'unisson dans un rythme qui ne pouvait témoigner que d'une entente parfaite.

Elle se figea sur place, le cou relevé dans une position inconfortable. Elle les regarda passer, invisible derrière l'immense toboggan jaune (attraction principale du square).

Tous ces mois de réinvention disparurent instantanément. Elle attendit de sortir de leur champ de vision pour courir en direction de la sortie.

Quand elle se retrouva chez elle, elle s'effondra.

*

* *

Marie avait cru qu'elle pourrait s'en sortir. Elle avait pensé qu'elle réussirait à réparer l'irréparable : le vide de sa vie. C'était aussi simple que cela, finalement, elle s'était convaincue qu'elle y arriverait par elle-même.

Toutes ces nouvelles activités, les séances chez le psychologue, les balades dans le square, lui semblèrent dérisoires et stupides. Elle était stupide. Stupide, stupide, stupide. Elle sombra bientôt dans un état de délabrement moral insoutenable. Elle regardait dehors et pensait : « Est-ce que cela changerait quelque chose si je me jetais par la fenêtre maintenant ? » Elle imaginait la sensation de chute, sentait presque le contact du bitume contre son corps. Elle hésita à sauter et s'assit même sur le rebord de la fenêtre, son verre de vin à la main. Du blanc, cette fois-ci, qui était trop acide.

Elle ne dut son salut qu'à ce couple de personnes âgées qui s'étaient arrêtées pour la regarder.

Elle ferma la fenêtre et s'écroula sur son canapé. Malgré ses efforts, elle ne réussit pas à transformer le moment. Elle se confronta à tout ce qu'elle refusait et elle accepta confusément ses propres limites. Elle se vautra dans sa banalité, elle s'abandonna à sa médiocrité.

Les conditions devinrent alors propices pour cet acte de folie qui la précipita vers la deuxième partie de sa vie. Tous ces mois de frustration accumulés en elle explosèrent et firent sauter toutes ses barrières morales. Du moins, c'est comme ça qu'elle se l'expliquerait plus tard.

Marie avait essayé de tenir, mais elle avait échoué.

Elle se rendit dans son bureau et récupéra le manuscrit de Jade au fond d'un tiroir. Elle avait hésité à le déchirer ; elle avait hésité à en faire beaucoup de choses, mais ne s'y était jamais résolue.

Elle ressentit la même violence lorsqu'elle le lut de nouveau. Et cette même certitude d'être devant une histoire, un style qui la dépassaient.

Elle comprit soudain que son attraction pour le roman venait de cette similarité entre leurs deux styles. Elle eut l'impression de lire ses propres écrits, enfin débarrassés de tout ce qui n'allait pas, de tout ce qui ne fonctionnait pas. Se l'approprier aurait été facile, voire naturel. D'ailleurs, Paul n'avait-il pas cru que le poème de Jade était le sien ? N'allait-elle pas seulement prendre ce qui lui revenait de droit, après toutes ces années de frustration ?

Elle n'était pas dépourvue de morale ou d'éthique, mais c'était pour elle des notions vagues et abstraites, qui ne l'avaient menée qu'à cette vie étriquée et triste, une vie aux contours nets dans laquelle elle étouffait.

Jade avait choisi la fuite, Marie choisirait la vie.

Elle serait celle qui porterait ses écrits. Et elle décida d'accepter ce poids, le comparant confusément à un sacrifice, le don d'une partie d'elle-même pour qu'une autre puisse voir le jour.

Elle accepterait l'ombre, tant qu'on la laisserait vivre dans la lumière.

# Deuxième partie

# – 16 –

***Un an plus tard***

On avait demandé à Marie de patienter dans une loge qui lui avait été réservée, une salle assez exiguë pourvue d'un fauteuil et d'un miroir éclairé par des néons. Elle attendait, vaguement anxieuse, que l'on vienne la chercher pour son interview. C'était sa première émission télévisée. Après des mois de dédicaces, deux émissions de radio, son attaché de presse lui avait proposé de passer en *prime time* sur une chaîne privée, juste avant le film du dimanche soir. Elle avait accepté bien sûr, heureuse de pouvoir parler de son livre, heureuse de toucher une audience plus large et de poursuivre cette ascension fulgurante qu'elle avait commencée plusieurs mois auparavant.

Elle se rappelait l'appel de sa maison d'édition et du rendez-vous dans les locaux du 8e arrondissement. Et surtout, elle se souvenait de ce sentiment d'appartenance à la vue du bâtiment haussmannien et de cette certitude d'être à sa place (c'était presque un sentiment de filiation).

Une maquilleuse fit une brusque apparition dans la loge, elle était habillée d'une combinaison noire avec une sorte de banane accrochée à la taille, d'où dépassaient des pinceaux de toutes les tailles. Elle saisit un poudrier et appliqua avec une certaine précipitation une large éponge blanche et ronde sur le visage de la jeune femme, avant de tamponner et de jeter l'éponge à la poubelle. Elle ressortit comme elle était entrée, sans un mot, ajoutant à l'étrangeté de la situation et à cette impression d'être dans un monde nouveau, dont Marie ne connaissait pas les codes.

Elle sortit un livre de son sac et essaya de passer le temps sans fixer son reflet dans le miroir. Elle se résolut à répéter son discours, qui était devenu l'épine dorsale de sa nouvelle identité : cette aventure avec un homme plus âgé lorsqu'elle était adolescente, son envie de raconter son histoire, qui n'avait fait que grandir depuis plusieurs années. Tout le folklore autour du roman avait été le fruit d'une longue préparation qui ne supportait aucun à-peu-près. Elle avait la particularité d'avoir un véritable recul sur son œuvre ; elle était, avant tout, une lectrice. Alors, elle avait su corriger toutes les maladresses, toutes ces faiblesses qui ne pouvaient être le résultat que d'une relation intime avec le récit. Débarrassée des états d'âme de l'auteure, elle avait su transcender le roman en y apportant une cohérence nécessaire.

Et maintenant, en tant qu'oratrice, elle bénéficiait des mêmes avantages : elle comprenait le lecteur, ses attentes ; elle savait ce que l'histoire provoquait et ce qu'elle devait en dire.

Elle anticipait les remarques, les scandales parfois devant cette histoire d'amour entre une jeune fille de quinze ans et son professeur de quasi quarante. Elle avançait, tranquillement, implacablement, vers le sens qu'elle voulait donner à son texte : celle d'une résilience, l'histoire d'une adolescente précipitée dans l'âge adulte qui, en croyant obéir à son désir, avait subi celui d'un autre. Elle savait aussi parler de cet aspect charnel, parfois cru ; elle savait servir son récit et le faire aller là où il devait être.

Elle avait été avertie la veille que *Ceci est mon corps* avait dépassé les 100 000 exemplaires vendus. Une plateforme de streaming voulait en faire une série, quelques metteurs en scène avaient contacté sa maison d'édition pour des pièces de théâtre.

Marie voyait une nouvelle vie se dérouler devant elle, une vie qu'elle avait choisie et obtenue, non sans douleur.

Elle n'avait pas oublié Jade, c'était une présence constante et discrète, le rappel de ce fil ténu qui la liait à sa nouvelle vie. Elle était consciente de la fragilité de sa situation, elle savait qu'il suffirait d'un rien pour que tout s'effondre.

Alors elle tapait régulièrement le nom de Jade sur Internet, visitait les sites les plus divers à la recherche d'un écrit, d'un texte révélant son imposture et sa culpabilité. Mais Jade avait été une adolescente réservée, invisible sur les réseaux sociaux et peu encline aux confidences. Jade avait préservé son intimité et Marie la voyait, parfois, comme l'ultime gardienne de son secret.

Elle ne partageait ce succès qu'avec la jeune fille, le reste lui appartiendrait.

*

* *

Marie s'installa en face du présentateur à l'autre bout d'une table ronde. Il était jeune, le visage lisse et photogénique. Il avait ce charme délicat des dandys parisiens bien nés, de ceux qui ont passé leur jeunesse à côtoyer des artistes et ont leurs habitudes au Café de Flore.

Marie l'imagina attablé en face de tel ou tel écrivain célèbre et en fut intimidée. Elle n'appartenait pas encore au sérail, malgré les nombreux articles élogieux sur son roman, elle n'était encore qu'une invitée dans ce monde littéraire qu'elle avait tant fantasmé.

Le présentateur attaqua assez rapidement sur le sujet du roman. Il voulut parler de l'aura de scandale qui avait entouré la sortie du livre, de ce collectif de féministes qui l'avait accusée de faire une apologie du *grooming*.

— Vous connaissez le concept ? demanda-t-il avec une voix très douce.

Marie connaissait, bien sûr. Elle avait absorbé l'ensemble de la littérature disponible sur son roman, accueillant les critiques pour mieux les combattre. Elle parla de l'universalisme de son récit, qui concernait beaucoup de femmes, jeunes ou moins jeunes. Elle avait simplement décrit une expérience, avait voulu se placer du point de vue de la principale intéressée, elle avait essayé de reprendre le contrôle.

— Ce n'est en aucun cas une glorification de cette aventure, reprit-elle.

— Il y a pourtant des scènes très crues, notamment lorsqu'elle perd sa virginité. L'homme est évoqué comme une sorte de héros qui lui donne du plaisir et lui évite des rapports moins agréables avec des garçons de son âge…

Marie développa sans animosité l'ambiguïté de la relation entre son héroïne et son amant, et rappela qu'elle s'était, tout au long du récit, placée au niveau de la jeune fille. Jamais elle ne s'était permis d'émettre un quelconque jugement de valeur pour garder cette impression de véracité.

— Je pense que les gens veulent du vrai, continua-t-elle. Je pense aussi que chacun comprendra, en refermant mon ouvrage, que cette aventure a plusieurs niveaux de lecture. Et que mon héroïne s'en rendra compte petit à petit.

— Vous avez dit plusieurs fois que vous vous étiez inspirée d'une expérience personnelle. Permettez-moi de vous demander, comment allez-vous, aujourd'hui ?

Marie resta muette, avant de lui faire répéter la question.

— Je crois, et vous semblez d'accord avec moi, que personne ne sort indemne de ce genre d'expérience. Alors, comment allez-vous ? Comment une telle histoire a-t-elle impacté vos relations ?

Elle le regarda, interdite, et se tourna vers Guillaume, son attaché de presse. Celui-ci plaça ses deux mains à l'horizontale devant sa poitrine pour lui dire : calme-toi. Marie se redressa, prit le temps d'une longue et profonde inspiration.

— Je vous remercie de me poser la question.

Elle émit un rire léger qui sonna faux. Puis elle reprit le contrôle, méthodiquement, argument par argument. Si le récit était inspiré d'une expérience vécue, cela n'en restait pas moins de la fiction. En outre, ce n'était pas seulement son point de vue, mais le point de vue de toutes les femmes avec qui elle avait pu parler, échanger. Son but n'était pas de discuter de sa vie privée.

Le présentateur botta en touche, revint sur le texte et finit par conclure l'émission en brandissant le roman devant la caméra.

Marie était restée très droite, les mains crispées sur son siège.

*
* *

Guillaume lui proposa de la raccompagner jusqu'à la bouche de métro. En chemin, ils passèrent devant une boulangerie et s'assirent en terrasse pour boire un café et manger une pâtisserie. Ils parlèrent brièvement des événements à venir, le Salon du livre, une séance de dédicaces dans une librairie bordelaise, et une participation à un festival que Marie ne connaissait pas. Elle l'écoutait à demi, absorbée dans la contemplation des passants. Elle aimait regarder les gens se presser devant elle et vaquer à des occupations inconnues. Elle imaginait qu'Untel allait retrouver sa maîtresse, qu'une autre courait à une audition cruciale pour sa carrière. C'était un bal de personnages en devenir, une danse qu'elle prenait plaisir à admirer de loin. Elle avait toujours aimé cette place un peu à part, comme un coup d'œil jeté à travers le trou d'une serrure.

Guillaume lissa sa chemise blanche du plat de la main – il était toujours impeccable, avec des cheveux coupés court et une peau si glabre qu'elle en semblait brillante. Il voulut discuter de son intervention, revint sur cette question qui l'avait mise mal à l'aise.

— Surprise, plutôt, rectifia Marie. Je ne m'y attendais pas, voilà tout.

— C'est le risque en te prenant comme exemple, poursuivit-il. Attends-toi à ce que quelqu'un retrouve ton ancien amant et le lapide sur les réseaux sociaux.

Il finit par lui conseiller d'insister sur le côté fictionnel, au risque sinon de voir son roman éclipsé par une chasse aux sorcières.

— Rappelle-toi qu'aujourd'hui tout le monde se transforme en justicier.

Elle s'inquiéta, lui demanda si elle devait publier une mise au point sur sa page Instagram. Elle voulait éviter toute agitation autour de son texte, et que quelqu'un se penche sur son récit pour une raison autre que littéraire.

— Pas pour le moment, tu es restée assez vague pour que cela ne débouche pas sur quelque chose de désagréable.

Il réfléchit un moment :

— Tu n'as pas envie de citer de nom ?

— Non… Ce n'est vraiment pas le but.

— Je voulais simplement vérifier.

Il regarda sa montre, aplatit un épi récalcitrant du plat de la main et se leva.

Ils marchèrent en silence jusqu'à la prochaine station de métro, où il la quitta en lui déposant un léger baiser sur la joue, juste à la lisière des cheveux.

Marie descendit à Hôtel-de-Ville, dans ce quartier qu'elle affectionnait tant. Il représentait pour elle tout l'esprit parisien, concentré en une dizaine de rues. Elle tourna rue de la Verrerie, observa du coin de l'œil les vitrines du BHV Marais. Son appartement était à quelques mètres seulement, à l'angle de la rue des Archives. Elle louait un meublé d'une trentaine de mètres carrés, dont elle se servait comme d'un pied-à-terre lors de ses engagements à Paris. Elle s'y sentait étonnamment bien malgré le bruit nocturne et les flots de touristes qui se déversaient dans le quartier tous les week-ends. Elle appréciait ce contraste avec la tranquillité de sa maison à Arcachon. Elle chérissait ces moments d'agitation et d'effervescence qui lui permettaient de profiter de l'immobilisme de sa vie balnéaire.

Elle passait ses matinées au Centre Pompidou, ou au MK2 Beaubourg, faisait ses courses chez Fleux et prenait un thé au Loir dans la théière, salon de thé *vintage* où elle mangeait des parts gigantesques de tarte au citron meringuée.

La vie était douce, aussi toutes les perturbations, les turbulences étaient-elles pour elle des éléments indésirables dont il fallait aussitôt s'occuper. Elle avait un système, une méthode pour se maintenir à flot et garder ce rythme qui ne pouvait aller que *crescendo*. C'était une symphonie dont elle devait connaître le final. Elle était la cheffe d'orchestre, le maestro qui régente l'ensemble des musiciens et ne peut s'arrêter, sous peine d'effondrement.

Elle monta les six étages qui conduisaient à son appartement et rejoignit sa petite cuisine tout équipée. Elle avait obtenu du propriétaire que l'un des murs soit repeint en vert amande, c'était un homme âgé qui portait des mocassins Gucci. Il s'était laissé convaincre assez facilement, probablement grâce à ce numéro de *Maison et Travaux* que Marie lui avait montré.

Elle mit en marche sa bouilloire et s'assit dans le fauteuil en rotin qu'elle avait placé en face de la fenêtre du salon. En se penchant un peu, elle pouvait apercevoir les jardins des Archives nationales.

Elle repensa à l'interview, et aux mots du présentateur.

« Est-ce que vous allez bien ? »

Elle réalisa que c'était une question qu'elle ne s'était jamais posée. Est-ce que la jeune fille de son récit, L., allait s'en sortir ? Le roman se terminait assez brutalement sur une rupture nette, presque violente. L'amant se lassait de sa conquête, qui comprenait que tout ce qu'elle avait vécu, tout son ressenti, n'était qu'une illusion, qu'elle avait construit quelque chose qui n'existait pas, et n'existerait jamais.

Marie avait eu du mal à comprendre cette attraction presque révoltante, cette capitulation devant l'impossible. Elle n'avait pas menti lorsqu'elle avait dit à Jade que l'histoire lui semblait peu réaliste. Elle n'avait pas menti car c'était si éloigné de tout ce qu'elle avait vécu, de son système de pensée, qu'il lui avait été impossible de croire qu'une telle passion puisse être écrite par une si jeune fille.

Si elle s'était inclinée devant le style, impeccable, elle avait été obligée d'apporter des modifications pour pouvoir s'approprier l'histoire. Elle n'avait fait que des adaptations mineures, qui lui avaient cependant permis de mieux comprendre le texte. Les réactions de L. lui apparaissaient souvent complètement aléatoires et incohérentes.

C'étaient ces contradictions qui l'avaient fait douter de la véracité du récit. Elle n'imaginait pas Jade, adolescente fragile, d'apparence pudique et réservée, agir et penser de manière aussi erratique. Elle y avait vu un fantasme de jeune fille inspirée par *Roméo et Juliette*, et par toutes ces histoires d'amour interdites que la littérature avait portées aux nues. Peut-être Jade avait-elle été amoureuse d'un enseignant ou d'un adulte de son entourage ?

Marie avait fait quelques recherches sur Internet, avait tapé le nom de ses professeurs de collège et de ses collègues masculins du lycée Saint-Joseph. Elle n'avait rien trouvé et n'avait pu que lire, encore et encore, ces quelques passages érotiques qui avaient pourtant l'air si réalistes.

Elle avait haï Jade pour cela, pour les expériences qu'elle décrivait et que Marie n'avait jamais vécues. Il y avait une sensualité puissante, une ode à la jouissance et à l'érotisme, impulsé par le personnage d'A., qui lui étaient inconnues.

Elle avait découvert sa propre sexualité à l'aune de l'obligation, pressée par ses amies et par ce garçon qu'elle voyait tous les jours au lycée. Elle se rappela le coït bref, douloureux, et les mois de honte et de dégoût d'elle-même qui avaient suivit. Elle se remémora ces rapports sans âme et sans plaisir lorsqu'elle était étudiante. Quand elle avait rencontré Paul, ce n'est pas la chair qu'elle avait recherchée, mais la communion d'esprit, la connexion des intellects. Elle avait trouvé tout cela avec lui, une cohésion, l'impression d'appartenir à un groupe qui possède ses propres codes, ses propres règles. Le sexe avait été relayé à l'arrière-plan, dicté par l'habitude, par cette certitude qu'il fallait s'y adonner, sous peine de sortir du lot, ce précieux lot auquel elle voulait appartenir, depuis toujours.

Elle avait essayé depuis son divorce de rencontrer d'autres hommes, d'autres corps à explorer et qui, peut-être, la révéleraient à elle-même. Mais c'était toujours la même déception ; elle avait fini par n'y trouver qu'un intérêt strictement littéraire : la description d'une peau et d'un moment d'intimité entre deux inconnus. Elle notait tous ses rendez-vous sur ses carnets noirs Moleskine et les consignait dans sa bibliothèque, en attendant de les ramener à Arcachon, où elle s'en servait comme matériel créatif. Une fois, elle avait cru ressentir quelque chose de différent, un frisson peut-être. Il s'appelait Juan, il était chilien, de passage à Paris. Ils s'étaient rencontrés dans un bar du Marais, avaient dansé ensemble, et elle avait senti cette vague de chaleur, lourde, monter de son bas-ventre, jusqu'à sa gorge. Elle avait senti le désir l'emplir jusqu'à ce qu'elle soit obligée de l'embrasser et de lui dire : « Suis-moi, allons dans mon appartement. » Mais dès qu'ils s'étaient déshabillés, elle avait ressenti la même lassitude, la même envie de couper court à cette comédie grotesque et de se retrouver seule.

Ces étreintes fugaces avaient fini par la rendre mélancolique.

# – 17 –

Marie rejoignit Guillaume devant le Grand Palais éphémère, où se tenait le Salon du livre. Elle s'arrêta un moment devant l'imposant bâtiment en « T », qui faisait face au Champ-de-Mars et avait une vue plongeante sur la tour Eiffel. Elle admira l'immense vitre qui reflétait Paris et se sentit emplie d'une félicité presque paralysante.

Toutes ces années à attendre, à espérer, se cristallisaient là, maintenant, devant ses yeux. Et elle allait enfin parcourir le Salon en tant qu'écrivaine, elle allait enfin pouvoir être elle-même.

Elle suivit son attaché de presse à l'intérieur, remit une mèche de cheveux derrière son oreille et tira sur sa robe. En passant devant les différents exposants, elle pensa : « Est-ce que je ressemble à une romancière ? Est-ce que ma tenue, mon visage reflètent mon appartenance ? »

Elle observa les différents écrivains, évaluant le nombre de personnes devant chaque stand, essayant de déterminer lequel rencontrait le plus de succès. Lorsqu'elle passa à proximité d'une file énorme qui s'étendait en coude jusqu'à l'aile opposée, elle se tourna vers Guillaume et lui demanda d'une voix blanche si tous ces gens l'attendaient, elle.

Il se tourna vers elle et lui fit « oui » de la tête, avant de fendre la foule avec son bras. Il l'installa à son stand, aux couleurs bleu et or de la maison. Marie aperçut Anne, son éditrice, en pleine conversation avec l'un de ses auteurs, lauréat du prix Femina. Elle saisit sa bouteille d'eau, intimidée, grisée par tous ces visages inconnus, par toutes ces individualités qui n'avaient d'autre but que de lui parler.

Anne la salua de loin, avant de partir dans la direction opposée, son téléphone collé contre l'oreille. Autour de Marie étaient assis d'autres auteurs, plus ou moins connus, qui l'observaient du coin de l'œil, curieux de cet attroupement et de la jeune femme fine et blonde qui en était l'objet. Elle se sentit au centre de quelque chose qui la dépassait, propulsée dans un monde qui lui avait été si longtemps inaccessible. Elle pensa furtivement à Jade, essaya de se rappeler sa posture, ses manières lorsqu'elle présentait ses écrits. Une certaine gêne, une humilité devant l'art que Marie essaya aussitôt d'adopter, le menton baissé, les gestes hésitants.

Elle accueillit la première personne, une jeune femme aux yeux verts, qui sembla au bord des larmes lorsqu'elle lui présenta son roman. Marie demandait les prénoms, les professions, ses lecteurs l'intéressaient réellement, mais aussi tous ceux qui s'étaient retrouvés dans son livre. Elle reçut quelques témoignages poignants, de véritables confessions, si intimes qu'elle en fut troublée. Des histoires d'amour, d'emprise, toutes différentes et pourtant si proches.

Elle se sentait à sa place, elle connaissait son texte, elle savait l'impact qu'il pouvait avoir, cette résonance qu'il trouvait en chacun et qui parfois durait des jours, voire des semaines. C'était un récit intemporel sur la découverte du désir, mais aussi une confrontation à l'âge adulte et à toutes les laideurs de la vie que l'adolescence ignore encore. La lâcheté, la culpabilité, l'envie ; au-delà de la liaison, il y avait aussi le passage d'une frontière, la révélation d'un monde jusque-là inconnu.

Une demande se dégagea de ses différentes rencontres, qu'elle n'avait pas anticipée : la suite des aventures de son héroïne. Qu'allait devenir cette si jeune femme, après *ça* ? Comment allait-elle aborder l'âge adulte, appréhender ses futures relations ?

Il semblait inconcevable que sa recherche de vérité s'arrête là. Il lui fallait creuser encore, plus profondément, révéler toujours plus de son intimité.

Marie éluda, mais resta perturbée par cette possibilité, ou plutôt ce devoir, de continuer cette histoire, cette impossibilité de lâcher la main de Jade.

La journée se poursuivit, émaillée de rencontres, de l'homme de cinquante ans jusqu'à la jeune fille de treize ans. Marie était touchée par cette diversité, par cette mosaïque d'existences qui n'auraient jamais dû se croiser, et qui étaient réunies ici pour elle.

Lorsqu'elle rencontra François, elle venait d'avoir un échange désagréable avec une femme d'un certain âge aux longs cheveux gris, qu'elle avait aperçue en arrivant sur son stand, les bras croisés, le visage fermé. Elle avait tenu un discours décousu sur ce qu'elle avait appelé la littérature à scandale, l'accusant d'avoir choisi un sujet scabreux à des fins commerciales et de faire l'apologie de la pédophilie. Elle travaillait apparemment au planning familial et ne comprenait pas le but du roman, à part promouvoir les relations non consenties et avait même dit, d'un ton accusateur, qu'il n'était pas *pertinent* de rendre romantique ce type de relation. Elle avait bien insisté sur cette dernière phrase et attendait une réponse, une réaction de Marie qui resta pourtant interdite. Elle avait toujours été incapable de répondre aux agressions, comme si son cerveau était tout entier mobilisé à recevoir l'attaque, rendant impossible la riposte.

Elle balbutia quelque chose de très vide, sombra dans des justifications qui desservirent le message qu'elle essayait de faire passer. Elle eut l'impression de parler à un mur et sentait que tous les regards s'étaient tournés vers elle et vers la réponse qu'elle allait donner. Elle perdit ses moyens, se mit à transpirer, à se sentir mal.

Quand François arriva devant le stand, elle l'entendit avant de le voir. Il avait une voix chaude, légèrement grave, avec des aspérités, une voix qui rappelait la douceur du velours. Il intervint dans la conversation, apportant son point de vue, de façon à couper court à ces récriminations qui ne s'arrêtaient pas.

Il entra donc dans sa vie avec ce rôle de sauveur. Marie sentit, quasi instantanément, une connexion avec lui. Ce qu'il tentait d'expliquer résonnait en elle et lui faisait penser : « Je suis d'accord avec cet homme, avec ses idées », une communion d'esprits se nouait déjà entre eux. Pendant toute leur relation, elle repenserait toujours à ce moment, car c'était précisément à cause de la manière dont il était entré dans sa vie que François avait gagné la confiance de Marie aussi facilement. Elle le verrait longtemps comme un rempart. De sa personne émanait une sorte de cohérence, comme s'il était acté que sa conduite serait logique, ordonnée, raisonnée. Marie avait toujours eu besoin de ce pragmatisme auprès d'elle, de ce tuteur capable de faire barrage à ses humeurs. Elle avait cru trouver cela en Paul mais, comme tous les autres, il avait tant plié qu'il avait fini par se rompre.

Elle leva les yeux vers lui et aperçut cet homme grand, mince, à la beauté flamboyante, mais d'une beauté si classique qu'elle en devenait discrète : des traits fins, un nez très droit, des yeux bleus en amande. Elle ressentit aussitôt une gêne, se tourna vers Guillaume qui venait s'assurer que tout allait bien. Il avait vu cette femme un peu étrange mais n'avait pas entendu ce qu'il s'était dit. Marie le rassura, subjuguée par François, qui attendait très sagement qu'elle lui fasse signe de s'avancer. Elle patienta un peu, temporisa, le temps de reprendre une contenance, et remit encore cette mèche rebelle derrière son oreille. Un flot de pensées l'envahit, des pensées vaines, sur son apparence, sur cette robe qu'elle n'aurait peut-être pas dû mettre.

Elle finit par lui demander de s'approcher d'une voix un peu tremblante. Elle n'était pas habituée à la beauté, ou plutôt à la beauté évidente, accablante.

Quand il arriva devant le stand, elle remarqua ses mains aux doigts longs et fins. Elle avait toujours aimé les mains, les avant-bras, trouvant dans les veines entrelacées, dans ce pli délicat au niveau du coude un charme et une sensualité immenses.

Il se présenta brièvement, avant de revenir au roman et à cette histoire qui ne le quittait plus.

— Je pense que cette femme avait tort, mille fois tort, reprit-il, de sa voix grave. C'est une véritable histoire d'amour dont vous parlez, n'est-ce pas ?

Marie eut peine à contrôler les mots qui sortaient de sa bouche. Elle se sentait fébrile, essayant de trouver le ton juste, celui qui lui permettrait d'exister à ses yeux. Elle réussit à articuler quelque chose d'à peu près spirituel sur le récit qui échappe à son auteur et trouve un écho différent chez chaque lecteur.

François sourit, découvrant une fossette qui creusait sa joue gauche. Elle voulait poursuivre la discussion, elle voulait que leur échange ne s'arrête jamais.

Mais la file derrière lui piétinait. La masse compacte se disloqua en individualités identifiables, laissant apparaître un visage, autorisant un éclat de voix, jusqu'à ce que Guillaume doive faire signe à Marie « d'avancer ».

François semblait hésiter. Il resta planté devant elle encore quelques secondes, avant de disparaître dans la foule. Marie signa l'exemplaire de la personne suivante et, lorsqu'elle leva les yeux, elle réalisa qu'elle l'avait perdu de vue. Elle ressentit alors un sentiment infini de perte, et demanda à Guillaume si elle pouvait prendre une pause.

Elle chercha son sauveur, en vain ; il s'était volatilisé.

*
* *

À la fin de la journée, elle retrouva Guillaume et Salomé, la directrice commerciale. Celle-ci la félicita et lui parla des négociations en cours pour l'achat des droits de son roman. Une deuxième plateforme de streaming s'était positionnée, pour une série cette fois, et ils allaient devoir faire un choix. Marie écoutait, heureuse de ces nouvelles voies que son récit s'apprêtait à prendre. Elle aimait cette idée de transformation, de passage du texte vers quelque chose de plus tangible. Elle y voyait un moyen de toucher d'autres publics, d'accroître toujours plus l'aura de son histoire. C'était aussi, sans qu'elle se l'avoue encore réellement, une manière d'éviter cette prochaine étape, inévitable, qui se profilait devant elle. L'écriture de son prochain roman, repoussée pour le moment à plus tard, une date ultérieure, à laquelle elle refusait de penser.

Guillaume lui proposa d'aller boire un verre dans un bar du quartier où il avait ses habitudes ; il devait rejoindre des amis, des écrivains de la maison et d'ailleurs réunis à la faveur du Salon.

— C'est un bon moyen d'étendre ton réseau, avait-il glissé, alors qu'il se dirigeait vers la sortie.

Ils s'installèrent en terrasse, le visage baigné de lumière, le corps encore lourd de toute cette agitation, ce bouillonnement dans lesquels ils avaient été plongés.

Marie commanda un mojito qu'elle but d'une traite. Elle se retrouva assise à côté d'un jeune écrivain de vingt-quatre ans qui venait de publier son premier roman. Il était pressenti pour la bourse de la fondation Lagardère, il portait des lunettes rondes sur un visage rond, un peu lunaire, et parlait très doucement, si bien que Marie devait s'approcher de lui pour le comprendre. Elle le trouva suffisant, probablement car il ne s'excusait pas de son talent, qu'il exhibait aux yeux de tous. Elle discuta brièvement de son roman, répondant sèchement à ses interrogations, incapable d'avoir une conversation construite. Elle ne se l'avoua pas mais elle se sentit inférieure, et ce sentiment qui n'avait d'autre source qu'elle-même et ses insécurités s'effaça au profit d'une histoire inventée, la condescendance de son interlocuteur.

Elle se leva et commanda un autre cocktail au bar, servi dans un verre à pied et décoré d'une ombrelle. Elle se sentait, doucement, glisser vers l'ivresse. Elle se mit à penser à François. Elle imagina son visage, la délicatesse de sa nuque, repensa à ses mains, et au fin duvet blond qui les recouvrait.

Elle dansa une bonne partie de la nuit, entourée d'hommes qu'elle ne connaissait pas, des ombres fugitives, des formes mouvantes qu'elle oublierait dès le lendemain.

Lorsque l'un d'eux l'embrassa, elle ferma les yeux et, malgré elle, imagina la fossette de François, nichée au creux de sa joue.

# – 18 –

Elle avait passé la nuit seule et était rentrée quelques jours plus tard à Arcachon. Elle avait senti le besoin de retrouver la solitude qu'elle avait cherchée en quittant Bordeaux. Après son divorce, elle avait utilisé l'argent de la vente de leur appartement pour acheter une petite maison dans le quartier du Moulleau, à une dizaine de minutes en voiture du centre-ville. C'était une arcachonnaise typique de plain-pied avec des volets bleus.

Cet éloignement avait permis à Marie de retrouver un certain souffle, une sérénité, après tout ce que le roman de Jade avait provoqué dans sa vie. La fin d'un cycle, le début d'une nouvelle ère, vertigineuse, qui s'étendait devant elle sans qu'elle puisse en distinguer les contours.

Elle avait quitté une vie routinière, cadrée par de solides rituels auxquels elle se pliait, presque à son corps défendant. Alors, quand elle s'était retrouvée seule face à ce nouveau destin, elle s'était aussitôt tournée vers Arcachon et vers ces souvenirs d'enfance qui l'assaillaient dès qu'elle se trouvait au bord de la mer. La peau brunie par le soleil, son père l'appelant

« mon petit brugnon » et la portant sur ses épaules, les roudoudous, friandise de sucre enfermée dans des coquillages à la blancheur de lait que l'on léchait avidement devant le coucher de soleil, et tous ces petits trésors qui créaient une chaleur douce au creux de son ventre.

Marie avait découvert la tranquillité, les plaisirs simples, comme ramasser les poires de son jardin, en faire des tartes, prendre son vélo, parcourir la côte, se baigner, nue, lorsqu'il n'y avait personne. Elle s'était créé une nouvelle existence en dehors de la vie parisienne, qui lui permettait de sortir du personnage qu'elle avait façonné.

Après le Salon du livre, Marie avait prévu de rester à Arcachon durant au moins deux mois, jusqu'à ce que les touristes envahissent la ville. Elle voulait se remettre à écrire, avait griffonné quelques phrases sur ses carnets Moleskine en vue de potentielles histoires à développer.

Elle n'avait pas envie de redonner corps à son héroïne, de parler de sa vie future. Elle considérait cette éventualité comme un échec, elle ambitionnait de trouver son propre souffle, de capitaliser sur ce succès pour, enfin, faire entendre sa voix. Il avait fallu un miracle pour qu'elle puisse sortir la tête de la masse des écrivains en devenir. Maintenant, elle devait apprendre à nager, ce qu'elle comptait faire en enterrant définitivement son premier roman (elle pensait qu'il lui faudrait « tuer le père » pour survivre).

Elle essaya tout d'abord de retrouver son envie d'écrire. Elle commença par des textes sur ses liaisons, et réussit à rédiger un paragraphe qu'elle jugea beau sur Juan et sur la nuit qu'ils avaient passée ensemble. Elle fit une description très réussie de la cicatrice qu'il avait sur la joue, témoignage d'une lutte acharnée pour sa vie lors d'une randonnée en haute montagne. Elle avait trouvé cette histoire de résilience sublime, et même s'il lui avait peut-être menti, s'il s'était simplement fait mordre par un chien ou qu'il était tombé dans un escalier, elle avait retrouvé une musique, un rythme qui lui avait permis d'écrire sans cette angoisse au niveau du plexus.

Le plaisir avait été là, un plaisir profond qui ne se partageait pas. C'était d'abord une sensation abstraite, caressante, qui remontait le long de son dos, puis la vague arrivait, violente, imprévisible. Lorsqu'elle créait, Marie avait une sensation jouissive de toute-puissance.

Elle avait essayé de décrire cette émotion à Virginie, sa voisine, au cours d'un de leurs nombreux déjeuners en bord de plage. Elle l'avait rencontrée en faisant ses courses. Virginie s'était approchée, très sûre d'elle, et lui avait demandé si c'était elle, l'écrivaine dont tout le monde parlait. Elle ne se souvenait plus vraiment comment elles en étaient venues à se voir quotidiennement, parfois plusieurs fois par jour. Virginie passait le matin avec deux cafés, revenait en fin de journée pour boire un verre de vin et repartait tard le soir, non sans avoir essayé de deviner le sujet de son prochain roman.

Ce jour-là, Marie devait la rejoindre chez elle. Son mari, qui travaillait dans un grand groupe, était souvent absent, et son fils adolescent était interne dans un lycée à Langon. Virginie était très seule, mais elle n'abordait jamais cette solitude, ni les sentiments que cela provoquait en elle. Elle restait souriante, toujours prête à sortir, à aller se baigner. Marie, parfois, se trompait, l'appelait Claire, sans pour autant lui parler de son ancienne collègue. Cette dernière ne lui donnait plus de nouvelles.

La jeune femme frappa discrètement à la porte de Virginie qui vivait dans une maison d'architecte, sorte de bloc gris percé d'immenses fenêtres. Sa construction avait mobilisé les habitants du quartier qui avaient vu d'un mauvais œil la destruction de « l'harmonie architecturale » du Moulleau. Ils en avaient fait des bannières, brandies tristement devant la mairie pendant un dimanche après-midi pluvieux. L'histoire avait occupé le journal local pendant quelques semaines et Axel, le mari de Virginie, avait même reçu une lettre de menaces dans sa boîte aux lettres (des menaces confuses, probablement rédigées à la va-vite par un voisin).

Puis toute cette agitation, cet ébranlement vague, avait cessé. La maison avait été construite, et chacun avait trouvé d'autres occupations, d'autres sujets de discussion et d'indignation. Virginie, lorsqu'elle croisait ses voisins, les saluait et ils lui répondaient, un sourire contrit sur le visage : l'émoi n'avait été que passager.

Elle vint lui ouvrir, elle portait un caftan imprimé et une sorte de turban assorti dans les cheveux. Marie avait remarqué qu'elle privilégiait ce genre de tenue bohème qui, en fin de compte, allait bien avec le côté artiste qu'elle entretenait. Virginie peignait, faisait de la poterie, écrivait aussi à ses heures perdues. Elle avait enrichi sa vie de toutes ces activités qui lui donnaient une impression d'affairement et d'ailleurs, lorsque son mari revenait à Arcachon, elle prenait un plaisir infini à lui détailler la manière dont elle avait occupé son temps. Elle aimait qu'il l'imagine active, heureuse, qu'il ait l'impression de parler à une égale, dont l'existence était aussi nourrie que la sienne.

Les deux femmes décidèrent d'aller pique-niquer sur la plage, où elles restèrent une bonne partie de l'après-midi.

Virginie lui parlait souvent de ce qu'elle appelait « ma première vie ». Elle avait été DRH dans un grand groupe industriel, faisant partie du comité de direction. Elle partageait souvent des anecdotes sur certains employés et sur tous ces cas complexes qu'elle avait été amenée à gérer. Probablement une manière de justifier son identité actuelle, comme si le fait d'avoir été si occupée excusait son existence oisive d'aujourd'hui.

Virginie faisait partie de ces gens qui partagent, sans demander en retour. Elle affectionnait l'échange et pouvait parler des heures sans se soucier de l'intérêt suscité chez son interlocuteur.

Marie avait ainsi appris qu'elle s'entendait mal avec son fils, qu'il avait des difficultés à l'école, et que, lorsqu'il revenait chez ses parents, il restait enfermé dans sa chambre, rivé à son ordinateur. Virginie lui avait aussi confié cette aventure qu'elle avait eue, peu avant son arrivée à Arcachon, avec son moniteur de surf, et de tous ces bouleversements mineurs qui, dans son existence, prenaient une importance capitale.

Alors Marie se laissait aussi aller à quelques confidences, grisée par cette sensation d'intimité – grossie mille fois à travers la loupe de leur isolement.

Elle évoqua François, ses yeux en amande, et la façon dont il avait pris sa défense.

— Tu devrais le rappeler, dit Virginie.

Elle suçait des noyaux de cerise qu'elle jetait dans l'eau, assise en tailleur, les bras plongés dans le sable jusqu'aux coudes. Marie se fit la réflexion, alors que la plage se vidait, que les clubs pour enfants pliaient leurs bannières et rangeaient les trampolines, que Virginie était dépourvue de cette flamme qui l'animait, elle. Lorsque Marie n'était pas là, sa voisine restait seule et s'adonnait à ses activités sans autre but que de passer le temps.

Elle pensa – ce fut une pensée fugitive, sur laquelle elle se pencherait plus tard – qu'elle ne pourrait plus retourner à sa vie précédente, faite d'accumulation de moments sans lien les uns avec les autres. Sa posture d'écrivaine lui donnait un but, un centre autour duquel elle pouvait avancer, et chacune de ses actions avait des répercussions, comme des ricochets sur la surface lisse d'un lac. Elle avançait sur une trajectoire définie, quand Virginie s'éparpillait dans une succession d'épisodes qui, plus tard, constitueraient son histoire.

Marie posa sa bouteille de bière sur le sable et observa, du coin de l'œil, sa voisine se lever et plonger dans l'eau.

*

* *

Marie s'était assise à son bureau, qu'elle avait installé devant la fenêtre de sa chambre. Elle apercevait le jardin, les quelques arbres fruitiers, et cherchait dans ce paysage bucolique un certain apaisement. Elle étala ses carnets devant elle, commença à reprendre ses histoires, essayant d'en faire un récit concret, avec un début, une fin et la profondeur adéquate.

Elle n'avait jamais pu comprendre pourquoi, au cours de toutes ses années d'écriture, elle n'avait pas réussi à totalement extérioriser ses pensées. Il lui semblait posséder une finesse d'analyse, une vision du monde qui méritaient d'être couchées sur le papier. Pourtant, dès qu'elle se relisait, elle se rendait compte de la naïveté de ses textes, comme si tout avait déjà été dit de manière plus élégante, plus pénétrante, plus juste.

Elle tenta néanmoins de se remettre à écrire, rédigea la structure d'un récit, une femme qui est délaissée et plonge dans une spirale de rencontres sans lendemain. Elle voulut y introduire une notion de vengeance, de revanche contre le sexe opposé, mais aussi cette idée obsédante de la perte d'identité. En perdant de vue ses principes, qui elle est, son héroïne finit par s'abîmer dans une personnalité qui n'est plus la sienne. Comment continuer ensuite lorsque l'on disparaît ? Comment avancer quand tout ce qui demeure est une enveloppe, une simple enveloppe vide ?

Marie faisait courir son stylo sur le papier, son visage presque collé à sa feuille. Elle s'était encore noyée dans le vertige de la fiction et vivait avec son héroïne, lui faisant découvrir les expériences qu'elle-même avait vécues depuis la publication de son roman.

Pourtant, elle se rendit compte assez rapidement que son style ne lui appartenait pas réellement, elle y retrouva les mêmes tics, les mêmes automatismes que dans *Ceci est mon corps*. La répétition de certains mots, la musique qui se dégageait des phrases ; en se relisant, elle eut l'impression douloureuse de lire Jade.

Elle raya d'un épais trait noir le paragraphe qu'elle venait de rédiger.

Puis, gagnée par une sorte de fièvre, elle reprit le fil, l'étirant devant elle jusqu'à le voir se fondre dans le reste du récit, prêtant à son héroïne ses propres pensées, sa propre individualité. Mais invariablement, cette dernière lui échappait, courait dans la direction inverse : vers Jade.

Elle sentait que, malgré elle, elle renouait avec L., maintenant à l'âge adulte, et dont les réflexions sur la vie et la façon d'être au monde étaient sensiblement les mêmes que ce nouveau personnage qu'elle essayait de créer.

Marie prit la feuille dans ses mains, la chiffonna longuement jusqu'à ce qu'elle ne soit plus qu'une boulette de papier. Elle se leva et la jeta à la poubelle.

# – 19 –

Sa séance de dédicaces bordelaise fut un moyen de plus pour repousser loin d'elle le moment fatidique où elle devrait se remettre à écrire et où, potentiellement, elle devrait se confronter à son incapacité. Lorsqu'elle était devant sa feuille, elle se sentait empêchée, elle avait l'impression de voir son stylo tracer des lignes qu'elle ne connaissait pas, qui ne lui ressemblaient pas.

Elle s'était dit : « J'ai besoin d'expériences, de vécu, j'ai besoin de matériel littéraire. »

La séance avait lieu à la librairie Mollat, boutique historique à Bordeaux qui s'étendait sur plusieurs centaines de mètres carrés et faisait l'angle entre la rue Porte-Dijeaux et la rue Vital-Carles.

Marie y avait passé des heures entières lorsqu'elle était encore étudiante, puis enseignante. Elle aimait se perdre dans les rayonnages moins populaires, comme la poésie ou les livres de voyage, s'asseoir et s'oublier dans d'autres histoires que la sienne.

Guillaume l'attendait devant la porte à double battant. Elle le suivit à l'intérieur, passa devant l'allée des romans étrangers, aperçut ce livre de Gabriel García Márquez qu'elle avait toujours voulu lire. Puis elle s'assit devant une table carrée, sur laquelle on avait disposé de gigantesques piles de *Ceci est mon corps*.

On lui apporta un café et un verre d'eau, et quelques employés s'arrêtèrent à son niveau pour discuter avec elle. Ils portaient tous le même polo bleu avec leur nom épinglé à leur poitrine. Elle fit alors la connaissance d'une Emma, d'un Kevin et d'un Emmanuel, qui étaient visiblement très excités à l'idée de parler de son roman. Ils semblaient avoir des idées contradictoires, partagés entre le plaisir éprouvé à la lecture et la gêne en refermant le roman.

— Mais c'est tout l'intérêt du récit, intervint Guillaume, qui fit signe à Marie de couper court au débat.

Elle les remercia, sourit, et leur promit de reprendre cet échange avec eux, de poursuivre jusqu'à la nausée cette controverse éternelle qui entourait son livre.

— Si on me demande encore une fois ce que devient mon héroïne… commença Marie.

— Tu as un nouveau roman en cours, en ce moment ?

Marie déglutit malgré elle et manqua de s'étouffer avec sa propre salive. Elle essaya d'atténuer cette réaction un peu dramatique en buvant une gorgée d'eau, elle prétexta une gorge sèche et irritée.

— J'explore plusieurs pistes.

— Tu devrais en discuter avec Anne, je crois qu'elle en parlait l'autre jour.

Marie acquiesça et accueillit avec gratitude les premières personnes qui se présentèrent devant elle pour faire signer leur exemplaire. Guillaume s'assit en retrait, les yeux rivés à l'écran de son téléphone.

Elle garda un silence inhabituel, fatiguée par toutes ces interactions, usée par la répétition d'un discours trop bien rodé. Elle insista sur le côté fictionnel plus que sur son expérience personnelle. Elle sentit parfois la déception de la rencontre ratée. Certaines femmes étaient venues avec leur livre, avec le désir de partager une tranche de vie avec elle, de créer un pont là où il n'y en avait pas.

Marie essayait de s'ouvrir à tout ça, faisait un pas en leur direction par une question anodine dans laquelle elles pouvaient s'engouffrer, mais elle sentait bien que ses lectrices exigeaient plus d'elle, qu'on voulait de la confidence, et même du vrai.

Alors, quand une jeune fille lui demanda, pour la énième fois, ce qu'il adviendrait de L., elle lui répondit abruptement.

— Si vous me demandez si je vais écrire la suite, je vous répondrai la même chose que j'ai expliquée des centaines de fois : ce n'est pas prévu.

Elle s'était totalement fermée, les traits contractés, en position de défense. La jeune fille resta ahurie et son cou se recouvrit de plaques rouges. Marie les vit se multiplier à une vitesse hallucinante jusqu'à ses joues, taches galopantes et terribles. Elle pensa enfin à l'humiliation qu'elle venait d'infliger, à l'effort qu'avait peut-être fait cette personne timide pour poser une question simple, et elle eut l'impression d'avoir planté un couteau dans la relation qu'elle avait créée avec ses lecteurs.

Elle tenta de se rattraper, mais le mal était fait et la jeune fille tourna les talons, elle voulait partir loin et oublia même son exemplaire sur la table de dédicaces.

Marie resta sidérée par sa propre bêtise, par ce piège dans lequel elle était tombée : montrer des signes d'agacement alors que tout son univers ne tenait qu'à un fil, une ligne droite sur laquelle elle était constamment en équilibre. Elle venait de jeter à terre l'un de ces contrepoids qui permettent de garder une position stable.

Ce fut encore dans un moment de faiblesse qu'elle le vit, sa tête dépassant de la file qui venait de se reconstituer devant elle. Elle le reconnut aussitôt avec ses yeux bleus si clairs, d'une couleur qu'elle n'avait vue chez personne.

Plus tard, elle se demanderait si ces brusques apparitions avaient été le fruit du hasard ou alors des rencontres calculées, résultat de longues minutes d'observation lui permettant de jaillir au moment opportun, de se faufiler dans toutes ces failles qui se créent au cours d'une journée.

Guillaume s'approcha d'elle et lui posa une main sur l'épaule. Il lui proposa de faire une pause, pendant qu'il ferait patienter le reste de la file. Marie le remercia et se leva, elle avait besoin d'air, elle sortit par une autre porte, située au niveau des livres pour enfants.

Elle fouilla dans son sac à la recherche d'une cigarette, et quand elle se rendit compte qu'elle n'en avait pas, elle l'aperçut qui lui tendait un paquet de Marlboro light.

Elle tenait son téléphone d'une main, un paquet vide de l'autre. François, très délicatement, prit une cigarette et la glissa entre ses lèvres entrouvertes. Elle sentit le contact de sa peau et frissonna. Il portait une chemise en lin ouverte sur un torse bronzé qui lui donnait un air de nonchalance contrôlée (Marie pensa à Alain Delon dans *Plein Soleil*).

— On s'est déjà vus, je crois, murmura-t-elle.

François ne répondit pas : il plongea la main dans la poche de son jean et en sortit un briquet.

— J'ai vu votre nom sur la devanture, je n'ai pas pu m'empêcher de revenir.

Elle fut de nouveau frappée par la flamboyance tranquille qui l'auréolait, comme si toute cette beauté était normale, habituelle. Elle se sentit fébrile, fragilisée par ce qu'elle venait de vivre.

— Vous devez vous dire que je n'ai aucune patience avec mes lecteurs.

— Au contraire. J'imagine que cela doit être compliqué, d'être sans cesse renvoyée à son texte.

Il avait cette capacité de trouver les mots justes, de dire exactement ce que Marie avait envie d'entendre.

— Maintenant que vous avez fait vivre votre personnage, vous devez avoir envie de le laisser partir, de vous exorciser de lui, en quelque sorte.

Elle le regarda avec gratitude, c'était exactement cela.

Elle finit par lui demander ce qui l'avait poussé à revenir, il confessa à demi-mot qu'il avait eu envie de la revoir.

— J'avais l'impression que nous avions encore des choses à nous dire, vous et moi.

Mais alors qu'elle s'attendait qu'il lui propose un café, n'importe quoi qui aurait pu les rapprocher, il lui signifia qu'il devait repartir.

— Attendez, dit-elle enfin.

Elle lui demanda son téléphone, dans lequel elle rentra son numéro.

— Pour que l'on continue cette conversation.

Elle revint dans la librairie, convaincue qu'il l'appellerait.

*

* *

Une semaine s'écoula avant qu'il ne la contacte. Marie était rentrée à Arcachon et avait prévenu Virginie qu'elle avait besoin de s'isoler pour écrire. Après sa séance de dédicaces, elle avait discuté avec Anne et avait partagé ses difficultés à retrouver son souffle. Cette dernière s'était montrée rassurante, tout en lui demandant de lui envoyer ses premiers textes.

— Ce n'est pas forcément bon, de faire une coupure trop longue entre deux romans. Si cela peut te permettre de t'aérer, de passer à autre chose… cela peut aussi nourrir ton angoisse.

Elle préconisa des sessions quotidiennes, libres, simplement pour « relancer la machine ». Elle voulait lui éviter le syndrome de la page blanche, cette malédiction qui finit par toucher tous les auteurs.

— Ce n'est que ton deuxième roman, continua-t-elle. Je suis sûre que tu as encore des choses à dire.

Marie avait acquiescé et docilement accepté de se remettre à la création, écartant tout ce que cela impliquait, niant encore, dans une certaine mesure, les événements exceptionnels qui l'avaient mise en place.

Elle reprit son personnage principal, essaya de lui donner un corps, une tangibilité qu'il ne serait pas possible de contester. Elle l'emplit de rêves et d'espoirs, le dota d'une enfance et d'une adolescence qui expliqueraient ses réactions et nourriraient une individualité forte, créatrice de ce sentiment d'affiliation nécessaire et attendu par le lecteur.

Mais chaque fois, elle se heurtait aux limites de son expérience, les états d'âme de ses personnages sonnaient creux, chétifs squelettes sans chair qui peinaient à rester debout.

Elle s'abandonna alors à penser à François. Elle décrivit le visage aux proportions parfaites, les cheveux châtains qui contrastaient avec le bleu des yeux. Enfin appuyée sur quelque chose de vécu, elle noircit plusieurs pages, décrivant leur première rencontre, puis ce geste si sensuel, intemporel, du frôlement de deux peaux. Elle abdiqua devant son imagination et rédigea la suite de leur rencontre. Elle rêva d'un baiser, d'une caresse. Elle rêva de ses mains sur son corps.

Elle écrivit jusqu'à ce que le jour décline et qu'elle finisse par poser la tête sur son carnet, épuisée.

François lui envoya un message le lendemain.

*

* *

Il lui proposa de le rejoindre à Bordeaux dans un café de la place Pey-Berland, juste en face de l'hôtel de ville. Marie avait toujours aimé ce quartier et l'imposante cathédrale sur laquelle veillait une Vierge Marie couleur or. Elle s'installa en terrasse, François n'était pas encore arrivé. Elle regarda son téléphone, satisfaite du nombre de nouveaux abonnés de sa page Instagram. Elle avait appris à apprécier la mise en scène permanente qu'impliquait sa présence sur les réseaux sociaux, rassurée par le contrôle que cela lui donnait. Elle se redressa et prit en photo une partie de la cathédrale qu'elle accompagna d'une légende un peu vide, quelque chose comme : « Détente méritée après une séance d'écriture. » François la surprit le téléphone à la main et s'assit en face d'elle.

— Vous m'avez attendu longtemps ?

— Je me suis occupée, répondit-elle.

Elle le regarda et, sans s'en rendre compte, baissa les yeux. Elle était intimidée et avait du mal à garder une contenance. Elle pensa brièvement que c'était le genre d'homme qui ne l'aurait jamais regardée, *avant*.

Il commanda un café et déboutonna le haut de sa chemise.

— C'est un peu bizarre, non, cette rencontre ?

Marie acquiesça et, soulagée, réussit enfin à sortir de cette gêne qui la paralysait.

— Ce n'est pas dans mes habitudes.

Il lui répondit par un sourire et lui confirma que ce n'était pas non plus dans les siennes, d'un ton doux, familier, comme s'ils se connaissaient déjà. Il possédait le don qu'ont certaines personnes de créer un sentiment de proximité dès qu'elles le souhaitent. Il y avait dans sa gestuelle, dans ces quelques mouvements qui animaient son corps quelque chose d'*invitant*, voire d'envoûtant.

Elle apprit qu'il était architecte, qu'il avait une agence à Saint-Médard-en-Jalles, là où il vivait. Il avait acheté aux enchères une maison en bordure de Jalle qu'il rénovait. Il s'ouvrait à Marie sans filtre, visiblement peu préoccupé de l'image qu'il renvoyait. Il y avait chez lui un charme qui excusait tout le reste.

Elle se sentit assez à l'aise pour parler d'elle, de ce succès qui lui était « tombé dessus » et qui continuait de diriger sa vie. Elle évoqua les quelques polémiques qui avaient marqué la sortie de son roman et revint sur l'épisode du Salon du livre. Elle voulait le remercier d'être intervenu en sa faveur et d'avoir su trouver les mots face à des propos si véhéments.

— J'essayais simplement de défendre le roman. Cette femme n'avait rien compris.

Il fit signe à la serveuse de leur apporter un deuxième café et sortit une paire de lunettes de soleil de sa poche.

— C'est une passion, que vous avez décrite… Une vraie passion.

Il s'était redressé et la désinvolture dont il faisait preuve jusque-là s'effaça, même son corps s'en trouva changé, comme plus fin, plus nerveux.

— C'est l'un des meilleurs romans que j'ai lus depuis longtemps, déclara-t-il.

Il confessa une curiosité pour l'histoire derrière l'histoire, et pour Marie. Il évita cependant toute intrusion dans son intimité. Il se cantonna à ses sentiments, restant prudemment sur son propre territoire, avançant à pas de velours sur ce terrain qu'il sentait glissant.

Peu à peu, il s'introduisit paisiblement dans l'imaginaire de Marie, dans ce qui l'avait amenée à écrire cette histoire. La jeune femme se laissa mettre à nu avec une naïveté touchante, séduite par cet homme qui s'intéressait à elle, heureuse au fond de pouvoir parler d'elle à un public si réceptif.

François pratiquait « l'écoute active », il savait s'effacer lorsqu'il le fallait, répondait avec tact et justesse, et avait toujours la réaction adéquate.

Lorsque la serveuse apporta l'addition (que François régla aussitôt, en laissant un billet de 10 euros en guise de pourboire), il y eut une sorte de silence entre eux, un moment de flottement après leur conversation ininterrompue. Marie avait envie de rester avec lui, mais n'osa pas le lui proposer. Elle attendit, contrite, qu'il se lève, espérant qu'il fasse un pas vers elle et lui propose autre chose, une séance de cinéma peut-être.

Elle portait une jupe blanche et un top en soie assorti et, lorsqu'elle s'était regardée dans le miroir avant de partir, elle s'était presque trouvée séduisante. La matière satinée de sa jupe épousait ses formes et il suffisait d'un geste pour que l'une de ses bretelles tombe, négligemment, sur son épaule.

Elle aimait la sensation de la soie contre sa peau, qui lui rappelait celle d'une caresse, douce, sensuelle. En passant sa jupe elle avait imaginé, à la place de l'étoffe, les doigts fins de François remontant le long de ses cuisses. Elle l'observa tandis qu'il reboutonnait sa chemise et se fit la réflexion qu'il ne l'avait pas réellement regardée ; ses yeux n'avaient pas suivi la courbe de ses seins à travers son top, pas plus qu'ils n'étaient remontés jusqu'à la cambrure de ses reins. Sa rencontre avec François avait éveillé en elle une vague lourde, insistante, qui prenait possession de tout son être et la plongeait dans une langueur difficilement supportable.

Ils marchèrent côte à côte pendant quelques minutes jusqu'à la cathédrale.

— Et maintenant ?

Il s'était tourné vers elle, très calme.

# – 20 –

François lui proposa de l'accompagner dans une librairie qui vendait des livres anciens dans le quartier Saint-Michel. Ils parcoururent ensemble les rues étroites du centre historique. De temps à autre, il lui montrait des boutiques qu'il aimait ou un bâtiment dont il admirait l'architecture. Les maisons étaient recouvertes d'une épaisse couche de pollution, qu'il ne voyait pas, contrairement aux détails, aux gravures dans la pierre que Marie était le plus souvent bien incapable de distinguer.

Il partagea quelques anecdotes sur son métier, lui expliqua qu'il aménageait surtout des maisons de particuliers et qu'il s'occupait peu de construction. Il parla assez longtemps, noyant la jeune femme sous un jargon et un vocabulaire qu'elle ne chercha pas à comprendre.

Plus tard, elle se dirait qu'il avait probablement fait cela pour la perdre dans des détails insignifiants et l'éloigner du plus important, ce noyau dur qu'il gardait pour lui-même, enfoui.

Il acheta plusieurs livres épais aux couvertures poussiéreuses, poussa Marie à faire de même, allant jusqu'à lui mettre directement dans les mains des ouvrages qu'il jugeait indispensables. Il échangea quelques mots avec le gérant, puis avec les trois ou quatre clients qui vagabondaient dans les allées. Marie l'écoutait parler de tout et de rien, osant à peine l'interrompre, de peur qu'il ne s'arrête, terrifiée à l'idée qu'il ne comprenne qu'elle n'était pas de son monde et qu'elle n'en avait jamais fait partie. Elle se sentait gauche, engoncée dans cette jupe qu'elle avait pourtant achetée pour l'occasion dans une boutique trop chère, l'une de celles dont les vendeuses peuvent se permettre d'être désagréables. Elle pensa encore à ce qu'elle aurait dû porter, au rouge à lèvres trop foncé qu'elle aurait dû éviter. Peut-être était-ce pour toutes ces raisons que François lui parlait sur ce ton détaché, un ton qu'il devait employer avec tout le monde, un ton neutre qui ne laissait rien dépasser.

Marie le suivit dehors et ils marchèrent encore un peu. Le temps s'était couvert et un vent froid balayait les rues. Elle frissonna et, très naturellement, il posa un bras sur ses épaules.

— Vous voulez vous réchauffer ?

Elle le regarda et répondit « oui » d'une petite voix. Il lui proposa d'aller voir un film, ce qu'elle accepta évidemment, heureuse à l'idée de cette proximité.

Ils trouvèrent une séance à l'Utopia, cinéma Art et essai aménagé dans une ancienne église, pour aller voir *The Truman Show*, que Marie confessa n'avoir jamais vu. François paya les tickets, tandis que Marie se rendait au fond de l'imposant cinéma pour acheter du pop-corn (ils avaient décrété d'une même voix qu'un film ne pouvait être vu sans pop-corn ; ils faisaient tous deux partie de cette génération qui s'était éveillée au monde dans les salles obscures).

Elle prit un panaché de sucré et salé ainsi qu'un sachet de bonbons au caramel qu'elle adorait.

Elle resta cachée derrière le pilier et observa François, voulant l'enfermer dans son regard avant qu'il ne reprenne possession d'elle, qu'il ne la recouvre de son aura, de son importance. Elle voulait le voir, sans être vue de lui.

Elle glissa le long de sa silhouette élancée, sportive, s'attarda sur les épaules larges, suivant les mouvements de sa poitrine lorsqu'il respirait. Quand il s'avança pour payer, elle crut remarquer dans son port de tête, ses expressions, un changement imperceptible, une ride qui lui creusait le front, des gestes moins assurés, plus fébriles.

Le temps que la caissière lui rende la monnaie, il avait repris sa belle contenance et la rejoignit le sourire aux lèvres, égal, inébranlable.

Ils s'assirent au premier rang. La salle était vide, à l'exception d'un couple de personnes âgées qui portaient des tenues assorties et qui avaient préféré le fond de la salle, près de la climatisation.

Elle essaya de se rapprocher de lui, cherchant le contact, le peau-à-peau. Mais François était imperturbable, il regardait le film en silence, murmurant parfois une ligne de dialogue, une réplique qu'il trouvait émouvante. Ils observèrent Truman, joué par Jim Carrey, se rendre compte que tout ce qu'il avait toujours pris pour acquis, pour *vrai*, était une simulation, que toutes ses constructions mentales, ses croyances étaient fondées sur du vent. Marie en eut le vertige et fit tomber un peu de pop-corn dans son décolleté, elle le sentit descendre jusqu'à la naissance de son ventre.

François, enfin, se tourna vers elle. Il la regarda un moment et, impassible, fit glisser l'une de ses bretelles. La soie coula le long de ses clavicules et découvrit ses épaules puis sa poitrine. Sans la quitter des yeux, il plongea doucement la main dans son top dont il retira le pop-corn, non sans que son pouce effleure la pointe d'un sein et que ses doigts s'attardent quelques secondes, avant de repartir aussitôt, comme si tout cela n'avait jamais eu lieu. Il porta le pop-corn à sa bouche et s'absorba dans le film.

*
* *

Ils sortirent de la séance et s'installèrent au bar qui faisait l'angle avec le cinéma. Marie était tremblante, elle avait arrêté de regarder le film quand elle avait senti la peau de François contre la sienne. Elle avait gardé les yeux fixés sur l'écran mais n'y avait vu qu'une suite incohérente d'images jusqu'à cette fin pourtant sublime, le départ en bateau vers une réalité sans entraves. François, quant à lui, paraissait aussi fébrile mais pour des raisons différentes, comme si le film, son message, avait trouvé en lui une résonance particulière. Il l'invita à s'asseoir et lui demanda, presque en chuchotant, quelques secondes pour reprendre ses esprits. Il avait dit cela de ce même air charmant, irrésistible. Marie se demanda si elle serait capable, à cet instant, de lui refuser quoi que ce soit. Elle commanda deux verres de rosé, qu'on leur servit avec la sempiternelle soucoupe de cacahuètes un peu fatiguées.

— Je suis toujours aussi troublé par ce film.

François venait de s'étirer, et il fit mine de secouer la tête, comme pour se débarrasser de toutes les émotions ressenties pendant la séance.

Il lapa son vin plus qu'il ne le but, par petites gorgées, peu sensible au silence qui s'était dressé entre eux. Puis il lui demanda enfin ce qu'elle avait pensé du film. Marie hésita à parler de ce bref moment d'intimité partagé, mais elle se questionnait presque sur son existence réelle. L'avait-il *vraiment* touchée ?

François reposa son verre et plaça sa main sur la sienne, ce fut encore un geste absolu, qui ne supportait aucune résistance. Sa main disait « Je sais que tu me cherches », elle avait une stabilité tranquille, l'assurance d'être attendue, désirée.

— J'ai pris beaucoup trop de liberté avec vous, dans le noir… Mais j'ai eu ce besoin impérieux de vous sentir.

Il avait dit cela avec cette même nonchalance, Marie en conclut que le séisme intérieur qu'elle avait vécu n'était pour lui que simple turbulence. Elle ne répondit pas, voulut garder un certain mystère, créer chez lui l'incertitude et, aussi, le désir.

Ils s'observèrent un moment, tandis que le jour déclinait et que la place Camille-Jullian se remplissait d'étudiants. Un groupe d'amis s'assit juste à côté d'eux, bruyant, heureux, cassant la bulle qui s'était progressivement formée autour d'eux.

François parut s'en accommoder, toujours indifférent aux événements qui se déroulaient autour de lui. Il commanda un autre verre de vin, qu'il trouva mauvais et renversa exprès. Ils repassèrent dans une sphère beaucoup plus fade, faite de conversations superficielles et de questions qui n'appelaient pas de réponses.

Marie revint sur le film. Elle essaya de retrouver cet état de vulnérabilité qui avait brièvement fait passer François du statut d'idole à celui d'être de chair. Elle avait l'impression d'avoir été exclue de son monde, de ce club très fermé dans lequel il était le seul roi. Elle parla de la notion de simulation, chercha à savoir s'il avait lu le dernier Goncourt, *L'Anomalie*.

— Bien sûr, répliqua-t-il. Mais je crois que *The Truman Show* va plus loin que l'idée de la simple simulation. C'est aussi une réflexion sur la remise en cause des croyances, les systèmes auxquels on se conforme par automatisme. Tout comme *L'Anomalie*, qui va plus loin que son thème de départ en questionnant nos actes et leur importance. Vous ne trouvez pas ?

Il regarda Marie et ne se força pas à poursuivre ; il attendait patiemment qu'elle lui réponde.

— Je pense que l'idée de simulation implique que rien ne compte, que tout est dérisoire… La vie n'aurait alors aucun sens.

— Au contraire, n'est-ce pas plutôt cette quête de sens qui gâche tout ? Est-ce que celui qui passe sa vie à travailler, toujours travailler, sans jamais s'abandonner au plaisir, au nom de cette idée atroce de cohérence et de sens qui nous anime tous, ne va pas à l'encontre, justement, du but que nous devrions tous avoir ?

Marie lui signifia qu'elle ne comprenait pas où il voulait en venir. Elle était déconcertée par sa passion, comme si leurs échanges jusque-là n'avaient mené qu'à ce moment précis, cette discussion où il semblait enfin partie prenante, loin de cette espèce d'inertie nonchalante qu'il affichait.

— Si tu vivais dans une simulation, est-ce que tu revivrais ta vie exactement de la même manière ?

Il était passé au « tu » avec évidence, comme pour lui signifier qu'elle était entrée dans son cercle, et qu'ils ne faisaient qu'un, en idées et, bientôt, en corps.

Marie le vécut comme une promesse, et comme la naissance de cette affinité qu'elle avait toujours ressentie.

— C'est la thèse de l'éternel retour de Nietzsche, répondit-elle. Vivre son existence à l'aune de sa répétition possible, infinie et, ainsi, ne rien regretter. Agir en pensant : « Tout ce que je fais se reproduira. » Simulation ou pas simulation.

Elle fut, enfin, en terrain familier et prit l'exemple de Kundera, qui avait théorisé l'éternel retour dans *L'Insoutenable Légèreté de l'être*. Elle parla du protagoniste, Tomas, dont l'indécision trouve sa source dans le caractère unique, bref, de la vie : comment savoir quelles actions sont les bonnes, quand il n'y a justement aucune comparaison possible avec des vies antérieures ?

— Je t'ai posé une question, répéta-t-il, d'un ton qu'elle trouva sec, péremptoire. Referais-tu les mêmes actions si ta vie devait se terminer et recommencer à l'identique, ou si nous étions dans une simulation ?

Elle n'eut pas le temps de répondre : deux étudiants venaient de se pencher vers François et se mirent à lui parler, comme s'ils le connaissaient. Dans le brouhaha ambiant, Marie ne réussit pas à saisir l'échange, elle n'entendit que quelques mots, banals, qui ne voulaient rien dire.

François sembla mal à l'aise, mais l'inconfort passa sur son visage comme un coup de vent, un trou d'air dans une enveloppe dûment scellée et contrôlée. Il se leva brusquement et prit Marie par la main. Il lui chuchota de le suivre, l'entraîna vers une ruelle adjacente où il la plaqua contre le mur.

Enfin, il l'embrassa.

# – 21 –

Après leur étreinte, et alors qu'il la raccompagnait à sa voiture, Marie voulut lui prendre la main. Elle approcha doucement ses doigts des siens et attendit, fébrile, qu'il réponde à son appel. Elle espérait une confirmation de leur intimité, une validation de ces épisodes d'abandon qu'ils avaient vécu ensemble. Elle repensait à leur baiser, à sa langue qui avait frôlé ses lèvres, avant de se mêler à la sienne. Elle avait toujours vu l'acte d'embrasser comme quelque chose d'infiniment sensuel, le prélude à cette communion de corps qu'elle recherchait.

Pourtant, elle n'avait pas pu s'empêcher de penser que, malgré la passion apparente – il l'avait poussée brusquement contre un mur, avait plaqué sa main contre sa bouche, avant de la dégager, doucement, pour y coller ses lèvres , il y avait dans ses mouvements quelque chose de joué, comme une danse parfaitement maîtrisée, une performance.

En lui prenant la main, ou plutôt en sollicitant la sienne, Marie réclamait une officialisation de ses propres sentiments, une homologation de leur relation, un tampon « conforme » sur ce qu'elle venait de vivre.

Mais François marchait sans la regarder, le visage tourné vers la ville qui s'étendait devant lui, parlant de la beauté des rues sous les lumières artificielles, et d'autres choses que Marie n'écoutait pas.

Il avait mis les mains dans ses poches.

*
* *

Ils s'étaient quittés sans se promettre de se revoir. Marie avait repris sa voiture, hagarde. Elle était arrivée chez elle au petit matin, avait croisé Virginie qui partait au marché et lui avait proposé de déjeuner avec elle. Sa solitude lui avait soudain paru insupportable.

Elle avait écrit quelques lignes dans l'un de ses carnets à la couverture lisse et noire, voulait coucher sur le papier ces sentiments contradictoires qui l'assaillaient, l'excitation, mais aussi le vertige face à cet homme indépendant, cet étranger.

Elle avait réalisé, en se changeant devant son miroir, que François ne lui avait pas parlé de sa vie personnelle. Il l'avait écoutée discourir sur ses envies, ses espoirs, mais ne l'avait pas une fois interrompue pour lui dire « Moi aussi », ou pour partager avec elle une anecdote, un souvenir.

Elle se rendit compte qu'elle ne savait rien.

C'est ce qu'elle confia à Virginie, quand cette dernière se présenta chez elle. Elle portait un panier de provisions en osier, d'où dépassaient des poireaux et une baguette de pain – sorte de tableau bucolique de la Parisienne en vacances. Virginie, force tranquille, lui proposa d'abord un verre de vin, avant de sortir les légumes de son sac et de les passer à l'eau. Il y avait dans ses mouvements quelque chose de rassurant, le signe que, peu importait ce qui arriverait dans sa vie, elle continuerait d'aller au marché, de laver ses légumes, et de maintenir tous ces rituels qui rythmaient sa journée. Marie s'installa devant le plan de travail et trempa ses lèvres dans le vin. Elle parla de leurs échanges, qu'elle avait trouvés tellement simples, tellement naturels. Elle insista sur la beauté du visage et sur son élégance tout droit sorties d'un film italien des années soixante.

Elle fit du récit de ce moment une réalité alternative, rêvée, dans laquelle toute complexité était bannie. Elle aimait que Virginie ponctue ses phrases de remarques sincères, parfois drôles, elle aimait croire que sa journée avec François se résumait à cette conversation dans une cuisine.

Elle occulta la gêne après qu'il l'avait embrassée, cette sensation qu'il n'était pas réellement avec elle.

Elle était au fond incapable d'une quelconque objectivité.

Elle passa l'après-midi avec sa voisine, et, sous son influence, écrivit un message à François.

*

* *

C'est à partir de cette date que Marie et François se mirent à correspondre régulièrement par téléphone interposé. Ils ne s'étaient pas revus depuis leur escapade bordelaise, et Marie avait brisé la glace en le remerciant pour ce livre qu'il lui avait fait acheter, alors qu'en réalité elle n'avait fait que le feuilleter (c'était un ouvrage assez assommant sur les différentes périodes architecturales à Bordeaux). Il lui avait répondu quelques jours plus tard, il était heureux d'avoir de ses nouvelles et lui conseilla un autre ouvrage, sur la création littéraire cette fois.

François était cultivé, drôle, parfois cruel, il avait une vision du monde qui lui était propre et avait du mal à admettre que l'on puisse être en désaccord avec lui. Il semblait en lutte perpétuelle contre son environnement extérieur, essayant de le contraindre, de le modeler à son image. Il faisait sentir à Marie qu'elle était dans son camp, dans ce même espace clos qui les séparait des autres.

Pourtant, il n'entrait jamais dans les détails de sa vie personnelle, il restait en surface, une surface lisse, bordée, qui ne supportait aucune aspérité. Chaque fois que Marie l'interrogeait sur sa vie amoureuse, son passé, il bottait en touche, généralement par une pirouette très spirituelle à laquelle il était impossible de résister.

À la même époque, Marie participa à un événement assez important à Londres pour célébrer la sortie de son roman en langue anglaise. Elle avait été émue de tenir cette nouvelle version de son histoire et avait aussitôt écrit à François pour lui raconter sa journée dans les moindres détails, de la tenue qu'elle portait jusqu'au repas servi pendant le cocktail. Ils avaient ainsi échangé toute la journée, jusqu'à ce qu'il lui demande l'heure à laquelle elle rentrait.

Quand elle était sortie du train, il l'attendait sur le quai, un bouquet de roses à la main.

# – 22 –

Lorsqu'elle y repenserait plus tard, Marie se dirait qu'elle avait vécu cette période comme un moyen de se détourner, plus ou moins définitivement, de l'écriture.

Il y avait une certaine facilité à se laisser porter, à disparaître dans le sillage *bigger than life* de François. Ce dernier venait la chercher à Arcachon dans sa vieille voiture décapotable qu'il prétendait avoir « bricolée » lui-même, l'emmenait au théâtre, au cinéma, à des vernissages d'artistes obscurs qu'il était le seul à connaître.

Il était dans une démarche de séduction un peu vieillotte, qui contrastait avec le François qui avait effleuré ses seins ou qui l'avait plaquée contre un mur.

Quand elle avait évoqué le sujet, alors qu'ils marchaient main dans la main sur la plage, il lui avait expliqué qu'il prenait son temps, tout simplement. Il s'était enfin ouvert à elle, lui avait parlé de son divorce et elle avait cru le comprendre, enfin. Elle avait serré sa main plus fort et avait continué à longer le bord de mer en silence, heureuse d'être à ses côtés.

Leur relation prit un tournant significatif lorsqu'elle l'invita chez elle.

*

* *

François arriva vers 20 heures avec une bouteille de champagne, un petit domaine confidentiel dont il connaissait les propriétaires. Il s'installa en cuisine comme s'il était chez lui, posa sa veste négligemment sur le canapé, imprimant son empreinte sur les lieux, laissant sa trace jusqu'à ce que la maison pénètre son monde, fasse partie de lui comme il avait décidé de faire partie d'elle.

Il portait une chemise à motifs, qui rehaussait son teint doré et ses yeux clairs. Marie avait remarqué qu'il était toujours élégant, comme s'il savait parfaitement quelle couleur le mettait en valeur, quels vêtements représentaient le mieux son personnage du jour, tantôt charmant, tantôt mystérieux.

Il lui servit une coupe de champagne et l'attira à lui, il l'embrassa dans le cou, descendit jusqu'à ses clavicules. Il lui dit qu'elle était belle, qu'il était heureux d'être avec elle. Il lui dit tout ce qu'elle voulait entendre et plus encore, jusqu'à ce que Marie lui fasse signe de se taire, en posant un doigt sur sa bouche.

Elle avait préparé un plat, un ceviche de poisson, qu'ils mangèrent les yeux dans les yeux, assis dans le jardin. Il avait insisté pour pique-niquer et termina son repas la tête sur les jambes de Marie, réclamant un massage, des caresses, une tendresse qu'il peinait pourtant à partager.

Elle se pencha pour l'embrasser.

— Tu m'as manqué.

Il se releva et lui rendit son baiser. Marie sentit encore cette vague, chaude, partir de son bas-ventre, remonter jusqu'à sa poitrine, ses joues. Elle voulut glisser une main dans son pantalon, mais il la repoussa d'un geste brusque.

— Pas encore, dit-il.

Il avait pris un ton désinvolte, très joyeux, et lui proposa de terminer la soirée sur la plage. Il voulait observer le soleil se coucher avec elle et finir la bouteille de vin à deux, les pieds dans l'eau. Ils marchèrent main dans la main, observèrent les touristes qui refluaient de la plage et rentraient dans leurs locations avec leurs enfants rouges et transpirants, les sacs de plage énormes, les tétines, les doudous semés partout comme des cailloux.

Ils rirent ensemble de ces vacances qu'ils jugèrent affreuses, à tartiner des enfants de crème solaire, à les déposer au club et à recommencer le lendemain.

— Tu te rends compte, disait-il, ce que ces gens endurent ?

Il était passé de l'amusement à la cruauté d'un pas agile, naturel. Il commenta la silhouette des mères qu'il croisait, parla d'abandon de soi, d'image dégradée – de tous ces gens qui ne faisaient pas partie de son univers, de cette orbite autour de laquelle ne flottaient que les élus.

Marie restait silencieuse, heureuse toujours qu'il la considère comme digne d'intérêt, car c'était au fond ce qu'elle recherchait. Elle repensa brièvement à son arrivée à Bordeaux, lorsqu'elle avait huit ou neuf ans. Son père avait été muté pour son travail, sa mère avait suivi. Elle était fille unique et avait dû découvrir cette nouvelle ville avec ses codes, seule. Elle se rappellerait toute sa vie ce mot, abominable, que certaines camarades lui avaient laissé dans son casier. Un dessin d'elle pendue à un arbre et une demande : qu'elle disparaisse, qu'elle les laisse et qu'elle cesse de tacher ce monde dont elle ne fait pas partie. Elle se revoyait prendre le mot et le déchirer, honteuse. Elle se revoyait pleurer en silence et ne rien dire à ses parents.

Elle en avait gardé un sentiment de monstruosité, comme si elle détonnait.

François la prit par la taille et lui fit descendre les marches qui menaient à la plage. Ils avaient choisi un endroit moins fréquenté, immergé une bonne partie de la journée sous la mer. Ils gravirent prudemment la pente douce qui menait à un plateau légèrement surélevé et ils s'assirent ensemble sur le sable. François sortit le reste de champagne et le but à même le goulot. Marie regardait la mer monter avec ce bruit si doux, comme un chuchotement. Ils étaient seuls, les derniers vacanciers étaient partis, ivres de soleil, le parasol sous le bras. Ne restait qu'un ballon rouge, qui errait sur la plage au rythme du vent. François posa sa main sur le bras de Marie et ils restèrent ainsi, satisfaits, regardant le jour décliner sur la mer, l'illuminant de reflets rougeâtres. Elle posa sa tête sur son épaule et murmura « J'aimerais emprisonner ce moment et ne jamais l'oublier, j'aimerais rester toujours ici ».

— Tu devrais l'écrire, alors.

Il s'était redressé, sérieux. Il lui demanda si elle avait écrit depuis leur rencontre.

Marie parla de son histoire en cours, sur cette femme qui est abandonnée et se perd dans des rencontres sans lendemain.

— J'ai trouvé le titre, conclut-elle. *Maître de guerre.*

François la regarda les yeux plissés ; Marie retrouva cette expression qu'elle avait aperçue lors de leur première soirée ensemble, comme s'il mobilisait toutes ses forces dans cette interaction.

Il commença par pointer assez froidement le manque d'originalité de l'histoire.

— C'est une histoire comme on en écrit à la pelle, ajouta-t-il. Des femmes qui se font quitter, qui prennent leur revanche d'une façon ou d'une autre…

Il poursuivit et lui dit « Je suis un peu déçu après ce que tu as écrit », il ne comprenait pas qu'elle tombe dans les clichés alors qu'elle avait été aussi proche de la « réalité ».

— Ton histoire était sublime, universelle…

— Pourtant, le coupa-t-elle, je suis encore sous le coup d'une nouvelle polémique.

Elle évoqua brièvement l'activiste qui avait publié une critique acerbe de son roman sur les réseaux sociaux.

— Tu ne devrais pas t'occuper de ce genre de choses.

— Je suis obligée pour mon travail.

— Tu t'obliges, seule. Un bon écrivain n'a pas besoin de ça, de cette exposition sans fin de sa personne, de son ego… D'ailleurs, un écrivain ne doit pas avoir d'ego.

Il avait adopté ce ton amer, détaché, qu'il prenait lorsqu'il sentait que sa proie lui échappait. Marie s'affaissa sur elle-même, incapable de lui répondre, de lui opposer une résistance, quelle qu'elle soit.

— Tu as en ta possession un matériau exceptionnel, un roman d'une qualité littéraire évidente. C'est à la fois émouvant, beau, d'une sincérité désarmante…

Il s'arrêta un moment, comme si l'émotion l'envahissait, comme s'il allait pleurer.

— Enfin…Tu vois ce que je veux dire.

Il se tut, enfin, il avait vaincu. Alors ses traits changèrent, se détendirent. Comme le reflux de l'eau qui glisse sur le sable, une sorte de calme parcourut son visage. Il se tourna vers elle et, délicatement, remit une mèche de cheveux derrière son oreille.

— Tu m'en veux, d'être honnête avec toi ?

Elle secoua la tête, non, non, bien sûr que non. Elle ne comprenait pas sa véhémence, mais acceptait son message.

— Tu as commencé quelque chose de beau, dit-il. De pur. Pourquoi ne pas poursuivre cette histoire ?

— Donc, toi aussi, tu veux que j'écrive la suite ?

Il plongea la main dans le sac qu'il avait posé à côté de lui et en sortit une bouteille de bière. La nuit était tombée, ils étaient dans l'obscurité et ne distinguaient que les trois lampadaires qui bordaient la plage. Marie frissonna, François retira sa veste pour la lui poser sur les épaules.

Ils restèrent silencieux, Marie évitait de le regarder. Soudain, elle voulut être seule. Elle s'était sentie jugée, attaquée par une force qui lui était supérieure, une force irrésistible qu'il était impossible de contredire.

— J'ai aimé l'honnêteté de ton récit, reprit-il, d'une voix très douce.

Il l'entoura de ses bras et, doucement, il glissa une main sous son chemisier, avant de descendre jusqu'à son ventre. Puis il repoussa l'élastique de son short, s'arrêta au niveau de l'os de son pubis. Marie avait fermé les yeux, haletante. Elle posa sa main sur la sienne, le pressant de continuer.

— Seul le vrai compte, tu n'es pas d'accord ?

Il se mit à la caresser, très lentement, au rythme des vagues, et ne s'arrêta que lorsqu'il la sentit trembler dans ses bras.

Marie se laissa tomber contre lui, le souffle court, elle oublia tout ce qu'il venait de lui dire, suspendue à ses lèvres, à ses mains. Elle lui appartenait.

*

* *

Plus tard, alors qu'ils étaient tous les deux allongés sur le sable, François lui proposa d'aller se baigner. Il devait être 4 ou 5 heures du matin, on entendait les premières sternes envahir le ciel et ponctuer le souffle monotone des vagues de leurs piaillements aigus.

Marie le rejoignit dans l'eau, elle n'avait que sa culotte, qu'il lui enleva quand elle fut à sa hauteur. Il la jeta au loin, avant d'éclater de rire. Il avait continué à boire et titubait discrètement, comme si son corps bougeait avec le vent. Il lui chuchota des choses obscures à l'oreille qu'elle ne comprit pas. Ils s'enlacèrent, avant de tomber ensemble et de rester sur la rive, les coudes, les genoux enfoncés dans le sable mouillé.

— Je pense beaucoup à ton héroïne, dit-il enfin. Je me demande ce qu'elle est devenue.

Il se tourna vers elle et il se retrouva à plat ventre, nu, dans une posture grotesque. Marie se mit à rire, mais il lui fit signe de se taire.

— J'essaie de te dire quelque chose, Marie. Qu'as-tu fait de L. ?

La jeune femme caressa son dos du bout des doigts.

— Elle est là, juste devant toi…

Il la regarda un moment, d'un air indéfinissable, puis il mobilisa ses dernières forces et se leva.

# – 23 –

Quelques jours plus tard, Anne l'appela. Elle voulait en savoir plus sur ce qu'elle écrivait et que Marie lui envoie ses premiers textes. La jeune femme réussit à négocier deux semaines de répit, elle prétexta des recherches plus longues que prévu, une phase exploratoire qu'elle ne pouvait pas écourter.

— Je ne serai pas dans le jugement, avait répondu Anne. Je veux juste que tu avances.

Marie l'avait remerciée et avait raccroché, fatiguée déjà à l'idée de se remettre au travail, de se plonger tout entière dans ce processus ingrat, vertigineux.

Elle reprit ses brouillons, accumulés dans un classeur rouge à œillets, les étala devant elle, dans une tentative un peu vaine de mise en perspective. Son personnage principal manquait toujours autant de corps. Ses réactions étaient peu crédibles, alimentées par une histoire personnelle pauvre, pour ne pas dire anémique. Ce n'était qu'un nom qui errait de page en page.

Marie leva son stylo et regarda un moment par la fenêtre, elle s'étira, fit craquer son cou. Elle avait toujours admiré ceux qu'elle appelait « les écrivains du rien », qui peuvent décrire un pan de mur, une tasse de café et toutes ces petites choses insignifiantes que l'on ne remarque pas, avec un lyrisme et un talent tels que l'histoire passe presque au second plan. Le lecteur s'absorbe dans une sorte de nature morte, de défilement de la vie, et ne s'arrête à la dernière page qu'avec regret. Elle se savait dépourvue de cette capacité. Lorsqu'elle réussissait à écrire, elle peinait à mettre des mots sur les habitudes, la routine, sautant d'événement en événement, négligeant tout le reste. Elle aimait que ses personnages soient en mouvement et elle n'arrêtait cette danse que lorsqu'elle écrivait le mot « fin ».

Elle reprit son texte, essaya de l'enrichir de ses propres souvenirs, d'ajouter l'expérience manquante, l'événement qui justifierait son intrigue. Elle pensa encore à ce dessin reçu en primaire ; elle avait occulté ce souvenir et pourtant, maintenant, tous les détails lui revenaient. La feuille froissée, arrachée du cahier bleu dont les élèves se servaient pour les cours de dessin, cette figure pendue avec son nom accolé au bout d'une flèche rouge et le mot rédigé en pattes de mouche « Tu ne fais pas partie de la bande » ou quelque chose du même genre.

Ses camarades savaient-elles ce qu'elles faisaient, en la représentant au bout d'une corde, le visage exsangue – Marie revit le sourire à l'envers, crayonné en rouge ?

Après avoir reçu le dessin, elle avait cependant décidé de l'ignorer. Elle avait pleuré, mais avait ravalé ses larmes, incapable de concevoir l'exclusion du groupe, et elle s'y refusa. Le lendemain, elle avait prétendu ne rien avoir reçu, avait continué à parler à ses camarades qui l'avaient observée, glacées, désarmées face à sa réaction. Elle avait poursuivi sa scolarité ainsi, en décidant ce qu'elle ressentait, rejetant les doutes, les failles, calquant son comportement sur les autres, jusqu'à ce qu'elle devienne parfaitement incapable de savoir ce qui se tramait à l'intérieur d'elle-même.

Elle se rappela la sensation de vide intense qui l'avait menée à l'hôpital lorsqu'elle était étudiante. Elle n'avait senti que l'angoisse et cette impression tenace qu'elle allait mourir, que son corps lui échappait. Il n'avait suffi que d'une simple question, « Qui êtes-vous ? », d'un professeur zélé qui aimait les grandes interrogations philosophiques. Marie avait commencé à répondre, concentrée, et s'était rendu compte qu'elle était en train de plonger dans une piscine immense et sans fond qui lui était inconnue : elle-même.

Dans ces conditions, elle avait développé une perception d'elle-même altérée, adaptée à cette sensation presque insoutenable de différence, et avait commencé à croire que quelque chose l'attendrait, une raison à tout cela, qui la mènerait loin, plus loin que tous ces gens qui l'entouraient et refusaient de l'accepter. Elle s'était persuadée que ce trou béant au milieu d'elle-même (à l'intérieur duquel se reflétaient tous ceux qu'elle essayait d'imiter) se refermerait sous l'impulsion de forces qu'elle ne connaissait pas encore. Mais rien de tout cela n'était arrivé, elle s'était laissée glisser sur la pente de sa vie, comme tous les autres, avec toujours cette même ambivalence, cette même envie de faire partie de quelque chose tout en s'en singularisant. Elle avait cru retrouver cela avec Jade. Mais l'adolescente avait refusé de se conformer au modèle dicté par Marie, et celle-ci avait été humiliée.

*
* *

Marie avait accepté une séance de dédicaces suivie d'une lecture dans une grande librairie parisienne, en plein cœur du 16e arrondissement. Elle y participait avec plusieurs autres auteurs sur le thème de l'exploration de l'intime, c'était une manière de sortir de la torpeur épaisse dans laquelle elle s'était abandonnée, de retrouver un peu de vie, de contact.

Elle y rejoignit Guillaume, mais aussi Anne, qui accompagnait une nouvelle auteure de la maison, une jeune femme photogénique mariée à un acteur célèbre, Alexia F. Cette dernière avait écrit une autofiction qui s'était vendue à des dizaines de milliers d'exemplaires sur sa vie de « femme de ». Marie fut placée à côté d'elle, elle l'observa du coin de l'œil, appréciant ses mimiques, ses gestes, à la recherche d'une quelconque fausse note. Mais la jeune femme paraissait sereine, elle avait cet air calme, posé, des gens tranquilles et sûrs de leur talent.

Elles se saluèrent brièvement, chacune flattant la plume de l'autre. Marie remarqua le corps fin moulé dans une robe noire en coton, ainsi que les mains déliées aux ongles vernis. Tout chez elle exprimait l'éclat de la certitude, de la connaissance de soi, que Marie ne pouvait qu'imiter. D'ailleurs, elle ne cessa de la regarder de toute la soirée, attentive lorsqu'elle fit sa lecture, curieuse lorsqu'elle répondit aux questions des lecteurs venus faire dédicacer leur livre.

Marie, quant à elle, avait choisi un passage de son dernier chapitre, celui où L. est abandonnée par A., abruptement, sans un mot, avec toute la violence que cela implique pour une adolescente. Elle aimait l'émotion qui se dégageait des quelques lignes, tout en retenue et en sobriété, elles contrastaient avec le lyrisme très fort dont était empreint le reste du récit.

Il y eut ensuite une session de questions-réponses, encouragée et validée par plusieurs auteurs qui voulaient poursuivre la discussion avec les participants. Marie vida le verre d'eau qui se trouvait devant elle, elle avait chaud et regrettait d'avoir mis ce pull qu'elle trouva ridicule à côté de la silhouette élancée de sa voisine. Cette dernière s'était tournée vers elle, un sourire aux lèvres. Elle voulait poser une question et avait levé la main, comme une étudiante.

— Je souhaitais savoir, commença-t-elle, pourquoi vous avez refusé le registre de l'autofiction. Cela ne correspond-il pas à une certaine forme de fuite ? Pourquoi ne pas citer le nom de l'amant ?

Marie resta vaguement sidérée, elle regarda Guillaume, puis Anne, qui lui signifièrent qu'elle pouvait répondre.

— Ce n'est pas aussi simple. Ce n'est pas un refus, c'est un choix. Je voulais m'inspirer du réel pour créer de la fiction. Mes personnages sont des personnages de fiction.

La jeune femme émit un rire assez charmant, aigu sans être désagréable.

— Mais alors, ce n'est pas l'exploration de l'intime, si ?

Elle poursuivit sur la nécessité de vérité et prit l'exemple d'un fruit que l'on pèle, jusqu'à arriver au noyau essentiel, impératif.

— Nous sommes des explorateurs du réel, reprit-elle. Nous nous aventurons dans des contrées inconnues… Et c'est le rôle, pour moi, de l'écrivain.

Marie essaya de débattre, objecta que l'écrivain n'avait pas besoin d'avoir de rôle, que son seul but était de transmettre des histoires, fictionnelles ou pas, mais chacun de ses arguments sonnait faux. Elle fut incapable de répondre au problème réel soulevé par Alexia F. Elle fut inapte à justifier ses choix, à mettre de la substance dans ses arguments.

Elle était encore l'intruse, celle qui s'était introduite dans ce monde où elle n'avait pas sa place, quand Alexia évoluait avec aisance et décontraction, ses bras tintant au rythme de ses lourds bracelets en or. Il y avait en elle quelque chose de définitif, comme un bloc de granit unique et dense, qui s'impose sans résistance possible. Marie lui enviait cet état solide, quand elle-même avait l'impression de changer sans cesse, de s'adapter, car, au fond, ce qu'elle était ne comptait pas. Rien de ce qu'elle avait fait ou pensé n'avait été remarqué. Elle n'avait jamais été une élève brillante ou une étudiante surdouée. Seule son estime d'elle-même l'avait portée, mais elle commençait à s'essouffler.

Lorsqu'elle rentra dans son studio du Marais, elle essaya d'écrire mais se rendit compte qu'elle en était incapable. Elle ne ressentait rien, à part une lassitude, une fatigue devant la tâche immense qui l'attendait. Elle repensa alors à Alexia F. et à cette façon qu'elle avait de se mouvoir avec des gestes souples et précis. Elle cala son souffle sur le sien, récita à voix haute quelques phrases entendues de sa bouche pendant la séance de dédicaces. Elle se soulagea en se mettant dans la peau d'une autre, puis elle se leva et sortit.

L'acte d'écriture lui était devenu insupportable.

# – 24 –

Peu après son retour à Arcachon, Marie reçut un message de François. Il l'attendait en centre-ville à la terrasse d'un café. Il fumait une cigarette, avait mis ses lunettes noires et lisait un magazine, le visage baigné de soleil. Elle observa la couverture et réalisa qu'il s'agissait du numéro du magazine *ELLE* dans lequel elle apparaissait – elle leur avait accordé un entretien quelques mois auparavant, où elle annonçait participer à leur opération « Nouvelles de l'été ». Elle ne se rappelait pas lui en avoir parlé et sentit, au ton de sa voix lorsqu'il l'accueillit, qu'il était de mauvaise humeur. Il l'embrassa brièvement sur la joue et lui précisa qu'il lui avait commandé un café. Il parla de choses et d'autres mais c'était une formalité, il se préparait au reste. Marie se représenta un taureau dans l'arène qui renâcle et frappe le sol de son sabot. Enfin, il enleva ses lunettes de soleil et les posa sur ses genoux ; il lui lança un regard inquisiteur, perçant.

— Tu ne m'avais pas parlé de cette interview, dit-il enfin.

Elle voulut poser sa main sur la sienne, lui expliquer que ça n'avait pas d'importance, que ce n'était qu'un moyen d'atteindre d'autres publics, de porter sa voix différemment. Elle sentait qu'il désapprouvait, elle sentait qu'à cet instant elle sortait dangereusement du cercle qu'il avait tracé autour d'elle pour l'inclure dans son monde. Elle se perdit en explications confuses alors qu'elle avait elle-même réclamé cette participation. Elle lisait, tous les étés, les nouvelles du *ELLE*, rêvant du jour où son nom serait visible en gras sur l'une des pages du magazine. Elle y avait vu une sorte d'accomplissement, la certitude qu'elle ne rêvait pas et que la deuxième partie de sa vie était bien en marche.

Il l'écoutait en silence, et il feuilletait le magazine bruyamment, exagérément.

— Ta nouvelle sera entre la chronique beauté et les articles people, c'est bien ça ?

Il le referma et le posa devant Marie, il attendait sa réaction, les bras croisés, le visage fermé.

— Tu ne crois pas que tu en fais un peu trop ?

Elle chercha à détendre l'atmosphère, à le faire rire. À cet instant, elle ne comprenait pas sa gravité ni l'intensité de sa contrariété. Elle ne savait pas encore que François était inflexible, que s'il portait aux nues, il détruisait tout aussi facilement. Et qu'il n'y avait aucune contestation possible.

Il partit, bille en tête, sur l'importance de la littérature et sur sa nécessité dans un monde sans poésie.

— Tu comprends, la littérature disparaît, elle laisse place à de la bouillie industrielle, toujours les mêmes histoires, sans aucun risque, sans aucune volonté de créer quelque chose de pérenne ! Je pensais que tu avais la même vision que moi, la même envie de porter une voix différente, une histoire qui a du sens, enfin !

Il se montra cruel, méprisant, écrasant à coups d'arguments fallacieux tout ce qu'il jugeait en dessous de son idée de la Littérature, avec un grand « L ».

— On essaie de nous faire croire que la standardisation est bénéfique, que lire un bouquin sans âme entre le café et le déjeuner, c'est pareil que de se plonger dans du Chateaubriand ! Mais c'est des conneries, tout ça !

Marie avait baissé la tête. Elle ne l'écoutait pas, elle sentait, brûlante, pénétrante, la curiosité des autres clients du café qui s'étaient arrêtés de parler pour les observer. Elle tenta de le calmer, de le raisonner, mais elle devinait que sa crise était beaucoup plus profonde qu'une simple nouvelle publiée dans *ELLE*. Cela touchait à cette toile qu'il étendait autour de lui et à tout ce qu'il projetait sur les autres : Marie, pendant un instant, lui avait échappé.

Elle finit par s'excuser sans même s'en rendre compte. Elle convint que sa nouvelle n'avait pas sa place dans un magazine féminin, que ce n'était pas le rôle de la littérature de distraire, et d'autres poncifs auxquels elle ne croyait plus. Mais en étant si proche de François, en se sentant acceptée, elle en perdait aussi tout discernement. Elle était encore cette petite fille, puis cette adolescente, qui avait besoin qu'on lui dise qu'elle était remarquable, qu'elle était vivante et qu'elle faisait partie d'un tout.

François constata son changement d'attitude et, enfin, se calma. Il lui prit la main et y déposa ses lèvres, avant de remonter, doucement, vers son épaule. Il lui proposa de longer le bord de mer et redevint spirituel et attentionné, comme si le monstre s'était calmé, enfin rassasié de sa colère nécessaire, salutaire. Ils enlevèrent leurs chaussures et marchèrent pieds nus sur le sable chaud, au milieu des touristes étendus sur leurs serviettes, qu'ils contournaient ou enjambaient en riant. Puis ils plongèrent leurs mains dans l'eau, François en fit perler quelques gouttes sur la peau de Marie, juste au niveau des clavicules ; elle se tourna vers lui et murmura « J'ai envie de toi ».

Il la regarda un moment, avant de l'embrasser délicatement, à la commissure des lèvres.

*

* *

Était-ce parce qu'elle avait rêvé ce moment, encore et encore, qu'elle le trouva décevant ? Il y avait quelque chose en François d'inaccessible, d'hermétiquement fermé à l'autre qui rendait toute étreinte presque impossible. Il lui avait fait l'amour dès qu'ils étaient arrivés chez elle, il l'avait plaquée au sol, lui avait arraché ses vêtements, mimant tous les archétypes de la passion sans la vivre réellement. Son essence, cet intime dont on accepte de faire le don, était absente, il n'y avait plus que les gestes, bien exécutés, presque mécaniques, comme s'il suivait une partition.

Ils s'étaient épuisés ensemble une bonne partie de la nuit. François, dans ses rapports, avait besoin qu'elle lui dise exactement ce qu'elle ressentait et tout le plaisir qu'il lui procurait. Il ne pouvait jouir qu'en étant sur elle, les bras entourant ses hanches, la serrant contre lui jusqu'à ce qu'ils ne soient plus qu'un seul corps, jusqu'à ce qu'elle lui appartienne enfin, totalement.

*

* *

Le lendemain matin, François resta pour le petit déjeuner. Il s'était levé plus tôt pour préparer le café, il avait une manière très précise de le filtrer, avec un torchon, qu'il tendit au-dessus de sa tasse avant d'y verser le contenu d'une casserole. Quand Marie vint le rejoindre, il lui notifia qu'elle n'avait plus ni café ni filtres et nota également l'absence totale de provisions dans ses placards. Il était redevenu cet être nonchalant et drôle, d'ailleurs, il la fit rire en la prenant dans ses bras, en lui tâtant les côtes, car il ne savait pas comment elle se nourrissait. Le monstre, quand il se reposait, laissait toute la place à François – Marie se demanda en l'observant qui était réellement le passager clandestin de l'autre. Elle ne reparla pas de la veille, ne mentionna pas sa participation future à *Elle*. Elle se courba tout entière sous cette aura gigantesque qu'il déployait autour de lui, elle tomba dans la facilité, dans le plaisir du moment présent. Elle le regardait et le trouvait beau avec sa barbe de trois jours, ses cernes qui n'arrivaient qu'à le rendre encore plus charmant. Elle était consciente de cet abandon d'elle-même, de ses principes, mais elle n'y voyait pour le moment qu'un moyen supplémentaire de vivre toutes ces choses qu'elle avait manquées.

Il se leva et débarrassa la table avant de lui prendre la main et de la guider vers la salle de bains. Ils se glissèrent ensemble sous la douche, François saisit le savon qu'il passa lentement sur son corps, partant de ses cuisses jusqu'à son visage, où il s'attarda exagérément pour la faire rire. Puis il redevint sérieux, il lui tendit le savon, et ce fut à son tour. Dans cet acte, presque, d'amour, il y avait aussi une forme de vénération devant le corps – un besoin d'idolâtrie.

Elle eut alors l'impression qu'il s'ouvrait à elle, il lui parla d'un projet en cours et du temps qui lui manquait pour lire autant qu'il l'aurait voulu (Marie le savait pourtant souvent disponible, mais elle s'abstint de tout commentaire).

— Tu as de la chance, dit-il, de pouvoir te concentrer sur ce qui compte vraiment.

Il revint sur ses propos de la veille et lui assura qu'il ne faisait que l'encourager, qu'il ne voulait que son bien, et que son roman comptait plus que tout le reste.

— Tu m'écoutes, quand je parle ?

Marie secoua la tête, lui signifiant « Non, je ne t'écoute pas », elle voulait qu'il l'embrasse, qu'il mêle son corps au sien, encore. Il la regarda un moment, ferma le robinet d'eau chaude et sortit de la douche sans un mot.

Quand elle le rejoignit dans le salon, il tenait un exemplaire de son roman dans les mains. Il était assis dans un fauteuil, les jambes croisées, son visage baigné de lumière reflétait une sorte de lassitude, qui s'effaça pourtant aussitôt.

— Tu ne veux pas lire autre chose ? demanda-t-elle en souriant, alors qu'elle s'asseyait sur ses genoux.

— J'essaie de comprendre.

— Comprendre ?

— Ce qu'il se passe réellement à la fin. C'est un peu abrupt, tu ne trouves pas ?

Il la poussa délicatement, et se leva.

— On ne sait pas s'ils se revoient après, si elle rencontre d'autres hommes, si elle vit d'autres histoires…

— C'est le but… Que chacun puisse y voir ce qu'il souhaite.

— Mais c'est un peu facile, non ?

François cita alors plusieurs interviews dans lesquelles Marie parlait de son roman et elle réalisa qu'il les connaissait toutes, qu'il passait de l'une à l'autre avec la facilité de ceux qui ont mémorisé et intériorisé. Elle se demanda s'il savait qu'il reprenait au mot près les phrases qu'elle avait déjà prononcées, si cela faisait partie du jeu, ou si c'était autre chose.

— Tu ne rentres jamais dans le vif du sujet, reprit-il. On ne sait pas ce que cette histoire provoque chez toi.

Elle répéta patiemment ce discours rodé et peaufiné jusqu'à l'excès. Mais François n'était pas dupe, il voulait plus, il voulait toucher à l'intime, cet intime qu'elle était incapable d'atteindre.

— Pourquoi ces initiales ? Pourquoi ne pas dire « je » ?

— Je n'étais pas prête… Ce n'est pas ce que je voulais. Les initiales ne veulent rien dire. J'aurais pu choisir n'importe quoi d'autre… Ce ne sont que des noms, seuls mes personnages comptent.

Elle se tourna vers lui.

— J'ai parfois l'impression que tu ne t'intéresses qu'à mon roman.

Elle réfléchit un instant, et murmura :

— Pourquoi mon roman te touche-t-il à ce point ?

Il resta un moment figé, saisi. Puis il rit, s'étira et reposa le livre là où il l'avait trouvé, dans la bibliothèque au fond de la pièce.

— Tu voudrais que je sois comme toutes ces ménagères de moins de cinquante ans qui viennent te faire signer leur bouquin et qui n'ont rien compris au livre, à son message ? Tu voudrais que je te confie mes traumatismes ?

Il reprit son blouson et en sortit son paquet de cigarettes.

— J'ai un rendez-vous à Bordeaux.

— Tu pars ?

Elle s'approcha de lui et l'enlaça, il resta raide dans ses bras, avant de déposer ses lèvres sur son front. Elle enfila un peignoir et le suivit jusqu'à la porte d'entrée. Alors qu'il partait, elle aperçut quelque chose tomber de sa poche. Elle se baissa pour le ramasser et se rendit compte qu'il s'agissait d'un dictaphone. Elle resta interdite, le dictaphone en main, essayant de déchiffrer ce qu'il se passait sur le visage de François, mais ce dernier se contenta de le lui reprendre, d'un geste brusque, rapide.

— Je m'en sers pour enregistrer mes clients. Ils se contredisent tellement que j'aime bien garder cette trace avec moi.

Sa voix ne trahissait aucune émotion. Elle l'accompagna jusqu'au portail et attendit qu'il disparaisse au coin de la rue pour rentrer chez elle. Elle retourna dans sa cuisine et se servit un thé, avant de s'asseoir devant son plan de travail. Elle ferma les yeux un instant et se persuada que l'un des voyants du dictaphone était allumé lorsqu'elle l'avait trouvé.

*

* *

Un peu plus tard, alors qu'elle était dans son jardin en train d'arracher les mauvaises herbes (il y avait pour elle un côté thérapeutique à prendre la plante par la racine et à tirer de toutes ses forces jusqu'à ce qu'il ne reste plus qu'une surface plane, parfaite), Marie aperçut Virginie qui lui faisait signe de l'autre côté du portail.

Elle ôta ses gants, épousseta brièvement la terre qui tachait son tee-shirt, et vint à sa rencontre.

— J'ai vu que tu avais de la compagnie, hier, je n'ai pas osé venir te déranger.

Marie lui proposa un café. Alors qu'elles se dirigeaient ensemble vers la cuisine, elle s'aperçut que le poids persistant dans sa poitrine venait de disparaître. Elle prit une grande inspiration, comme ces plongeurs qui sortent de l'eau après plusieurs minutes d'apnée. Elle ressentait un soulagement puissant à écouter sa voisine parler de tout et de rien, c'était l'irruption de la vie dans toute sa banalité, mais aussi dans toute sa réalité. Elle regarda autour d'elle, et cette parcelle d'elle-même qui était toujours aux aguets, toujours sur le qui-vive, s'évanouit au milieu des arbres.

— Tu as passé un bon moment ?

Virginie venait de retirer la casserole du feu et ouvrait les placards à la recherche de filtres.

— Tu n'as plus de café.

Marie fut alors assaillie par une vague puissante, c'était un déferlement d'émotions qu'elle ne comprenait pas et qui cherchaient à sortir par tous les moyens. Elle s'affaissa sur son siège et plaqua ses mains sur ses yeux pour empêcher ses larmes de couler. Virginie passa un bras autour de ses épaules, et s'assit à côté d'elle.

— Tout va bien ?

— Je suis juste fatiguée… juste fatiguée.

Elle attendit que Marie se calme et lui caressa délicatement la joue.

— Tu veux en parler ?

La jeune femme secoua la tête pour reprendre une contenance, elle ne savait pas ce qui lui était arrivé, le stress de son prochain roman, sans doute. Virginie la dévisagea un moment mais ne dit plus rien, elle se contenta de faire du thé en silence et d'en apporter une tasse à Marie.

— C'est drôle, reprit-elle. J'ai croisé ton ami alors qu'il partait ce matin, son visage m'est familier. Tu dis qu'il est architecte ?

# – 25 –

Marie s'était rendu compte, quand François était parti, qu'elle était incapable d'écrire. Une angoisse sourde l'empêchait de taper sur son clavier et lui donnait mal au crâne. Elle avait l'impression d'avoir la tête prise dans un étau. Cela faisait plusieurs semaines qu'elle n'avait rien produit, elle s'était contentée de rayer quelques passages qu'elle trouvait inutiles, de réarranger des mots, mais cela s'était révélé aussi vain que d'arroser une terre stérile.

Il y avait quelque chose de tellement vide qu'elle en venait à se demander si l'envie était toujours là.

Elle n'avait rien envoyé à Anne, car elle n'avait rien, seulement un texte sans âme qui ne représentait rien.

Était-ce à cause de l'état de confusion dans lequel elle était plongée depuis sa rencontre avec François ? Elle aimait cette idée, si romanesque, de se perdre dans l'autre jusqu'à s'oublier soi-même. Il avait été facile de glisser de sa propre peau terne vers une autre, plus large, que François semblait avoir créée pour elle. En la choisissant, il lui disait « Tu es remarquable, extraordinaire, c'est toi que je veux avoir dans ma vie ».

Il la poussait dans ses retranchements, voulait la comprendre tout en projetant sur elle une image dont elle n'arrivait plus à sortir.

Cherchait-il L. ou Marie ?

Ou peut-être voulait-il qu'elles ne fassent plus qu'une ; peut-être souhaitait-il qu'elle disparaisse au profit d'une réplique fantasmée d'elle-même.

Marie, pourtant, luttait encore, il en allait de sa survie. Elle n'était pas prête à capituler devant Jade, à accepter sa domination sur sa vie créative. Alors elle essayait. Elle se mettait devant son ordinateur, ouvrait ses logiciels et observait le curseur clignoter devant elle, ligne noire sur fond blanc. Mais en accueillant François dans sa vie, elle avait invité quelqu'un d'autre. Une vision d'elle-même qu'elle ne connaissait pas et qui prenait maintenant toute la place, comme un monstre qui la dévorerait vivante.

Elle savait qu'elle devait s'éloigner de son roman, écrire autre chose, mais elle était désarmée face au combat qui s'annonçait.

*

* *

Le week-end suivant, elle reçut un message de Claire. Cette dernière lui proposait, de manière laconique, de la retrouver dans un café à Bordeaux, sans autre détail, sans toutes ces fioritures que l'on met parfois lorsque l'on contacte quelqu'un perdu de vue depuis longtemps. Elle ne lui demandait pas comment elle allait, ne la félicitait pas pour son succès, elle voulait simplement qu'elles se voient.

Marie ne répondit que le lendemain, l'attente était devenue un réflexe, une sorte d'automatisme des relations modernes qu'elle avait adopté sans même s'en rendre compte. Claire cependant rebondit aussitôt et l'invita à la rejoindre dans le quartier de la gare, dans un bar où elles avaient autrefois leurs habitudes.

Elle l'aperçut dès qu'elle poussa la porte, assise au fond de la salle aux murs en pierres brutes, qui jetaient une sorte d'aura obscure sur les clients. Elle leva les yeux vers elle et Marie vit qu'elle avait maigri, elle portait une robe colorée dans laquelle elle flottait, on ne voyait que ses bras, fins et pâles, en dépasser. Elles se firent la bise comme des vieilles amies, avec la même gêne, le même air emprunté des débuts où l'on ne sait pas quoi se dire. Claire commanda une limonade, Marie se rappela que c'était sa boisson préférée, et ce souvenir provoqua chez elle une nostalgie intense, la sensation de retrouver quelque chose qu'elle avait perdu.

— Comment vas-tu ?

Elles commencèrent par les formalités d'usage, Claire la complimenta avec une sincérité touchante, elle était ravie de son succès, et de cette nouvelle vie qui s'offrait à elle. Puis elle parla de ses arrêts maladie successifs, de cette chaise vide qu'elle avait retrouvée quand elle était retournée à Saint-Joseph, qu'elle n'avait pas supportée. Marie remarqua qu'elle tremblait très légèrement, comme si tout son corps ployait sous les émotions, comme si sa chair était incapable de retenir ce trop-plein qui l'envahissait. Marie posa alors une main sur la sienne dans un réflexe d'ancienne amie, mais aussi pour faire cesser ce désarroi qui était pour elle comme une agression. Car Claire la replongeait un an en arrière, elle faisait encore partie du monde qu'elle avait laissé derrière elle.

— J'ai ressenti un sentiment d'échec immense, reprit-elle, et j'ai été incapable d'y faire face. Je savais que j'avais failli, mais aussi…

Elle hésita un moment et se mit à jouer nerveusement avec la paille en carton qui ramollissait dans son verre. Elle fit une réflexion vague sur les pailles en plastique qui n'existaient plus et que l'on ne trouvait plus dans les supermarchés et ne s'arrêta que lorsque le serveur vint la débarrasser.

— Excuse-moi, dit-elle. Mais c'est dur, pour moi… de te voir, de voir les autres aussi, à Saint-Joseph… Pour moi, nous avons tous failli, raté… Nous avons laissé Jade mourir.

Marie resta sidérée, elle eut envie de se lever et de partir, de la laisser en plan, seule dans ce bar triste à lui parler de culpabilité, à la mettre de force devant tout ce qu'elle avait réussi à repousser jusqu'à présent. Elle venait d'inviter Jade à leur table, de la remettre au centre.

Mais Claire ne saisissait pas l'impact de ses mots, elle avait toujours été sincère, honnête dans ce qu'elle ressentait et dans ce qu'elle partageait au monde. Elle continua, imperturbable, sur la thérapie qu'elle avait suivie et sur le « bon » qu'elle avait réussi à sortir de tout ça.

— J'ai compris que ce n'était pas ma faute… J'ai compris qu'il ne fallait pas à tout prix chercher un responsable.

Peut-être était-ce un peu facile. Marie l'écoutait discourir sur la résilience, sur la vie qui continuait malgré tout et sur la lumière qui filtrait à travers les failles. Elle l'écoutait déployer lieux communs et jargon pseudo-psychologique et trouver une raison au deuil, à l'absence. Elle réalisa qu'elle ne partageait rien avec Claire, qu'elle n'avait pas vécu les mêmes choses, les mêmes expériences. Claire transformait le suicide de la jeune fille en un événement formaté à sa propre sphère de compréhension. Elle réduisait Jade à cette adolescente un peu mélancolique dont le chagrin, le mal-être ne pouvaient toucher le monde des adultes. Elle la noyait dans une masse à laquelle elle n'avait jamais appartenu.

Marie comprit que, si Jade l'avait choisie, c'était à cause de ces affinités dans leurs systèmes de pensées. Comme la jeune fille, Marie vivait les choses intensément ou ne les vivait pas, comme elle, elle savait ce qui comptait et de quoi la vie était faite. Si elle avait détesté Jade, c'était parce qu'elle avait compris tout ce qu'elle était et tout ce qu'elle représentait. Elle avait négligé l'adolescente au profit de son talent, immense ; en la mettant au même niveau, elle l'avait aussi attirée définitivement vers elle.

Marie savait que Jade ne saurait être réduite à un discours, à une culpabilité que l'on ressortirait de temps en temps, pour faire joli, pour enrichir ces drames qui émaillent la vie et que l'on aime partager avec les autres. Jade était autre chose ; et Marie était peut-être la seule à l'avoir réellement comprise.

Claire se redressa et proposa à Marie d'aller fumer une cigarette dehors. Elle sortit un briquet de son sac et la jeune femme vit qu'il s'agissait de l'un de ces briquets promotionnels que l'on distribue dans les hôtels *all inclusive*, il y avait un paysage de sable blanc et une phrase qui se voulait humoristique qu'elle ne chercha pas à déchiffrer.

Claire suivit son regard et raconta brièvement son dernier séjour à Marbella en compagnie de l'homme de sa vie.

— C'est pour ça que je voulais te parler, poursuivit-elle. Je voudrais clore un chapitre pour en commencer un nouveau… Je voudrais que l'on écrive ensemble un hommage à Jade… Cela fait un an qu'elle est partie.

Elle parla des copies qu'elle avait gardées et du texte qu'elle avait déjà rédigé en préambule.

— Je ne sais pas si tu as conservé ses derniers devoirs… Je pensais que l'on pourrait en choisir un ou deux ensemble et les faire publier dans le journal du lycée.

*

* *

Marie, malgré son effroi initial, avait rapidement compris que son ancienne collègue n'avait aucune arrière-pensée. D'ailleurs, les textes qu'elle avait mentionnés étaient de simples dissertations que Jade avait écrites en cours d'histoire sur une peinture ou sur la démocratie athénienne. Claire n'avait d'autre but que d'avancer et de mettre ce sentiment, intolérable, de culpabilité derrière elle.

Marie avait alors joué le jeu, tout en déplorant n'avoir gardé aucune copie de ses anciens élèves. Elle accompagna Claire jusqu'à chez elle, elle venait d'emménager dans une maison mitoyenne à quelques mètres de Saint-Joseph. Elle l'invita pour un dernier café et la fit entrer dans un salon sombre, décoré comme un appartement témoin. Elles s'assirent l'une en face de l'autre, mais ne trouvèrent rien à se dire. La vie les avait séparées, elles étaient désormais sur des trajectoires cloisonnées que rien ne pourrait plus rapprocher.

Claire prétexta une course urgente et Marie la quitta sur les promesses d'usage et vides, de se revoir, de s'appeler. Elle claqua la porte sans se retourner.

Elle marcha encore un moment, traversée par des sentiments contradictoires, comme autant de jaillissements qu'elle ne comprenait pas. Il y avait en elle une ombre, rampante, qui s'était animée. Le spectre de quelque chose qu'elle refusait, qu'elle avait réussi à bannir jusqu'à maintenant, jusqu'à ce que Claire mette le doigt sur l'existence de Jade. Elle ne ressentait pas de culpabilité, pas encore, mais avait plutôt l'impression de se réveiller d'un long sommeil.

Elle s'était dirigée vers le cimetière des Pins-Francs, elle avait longé le Parc bordelais, avait parcouru les rues en observant les couples avec enfants, les familles, avec cette sensation presque douloureuse d'être étrangère, de ne pas faire partie de leur monde. Avait-elle rejoint un autre univers sans le comprendre complètement ?

Elle se retrouva devant la tombe de Jade, simple pierre tombale recouverte de bouquets de fleurs qui avaient séché. Elle savait que Karine avait quitté la ville. Elle ressentit une tristesse presque insupportable à l'idée que personne ne se recueille devant la dépouille de l'adolescente. Elle retourna sur ses pas et acheta un pot de géraniums qu'elle déposa délicatement à côté de la plaque dorée sur laquelle on pouvait lire son nom et une phrase écrite par Karine : « À ma fille, que je retrouverai. »

Marie resta devant la tombe jusqu'à la fermeture du cimetière.

## – 26 –

Elle avait prévenu Anne qu'elle n'avait rien de concret à lui envoyer. Cette dernière s'était montrée rassurante, il était normal, après un premier succès, de ressentir une période de vide, elle ne devait pas s'arrêter à cela. Elle l'avait encouragée à s'imposer un rythme, à continuer les sessions d'écriture jusqu'à ce que l'inspiration, salvatrice, revienne. Marie avait acquiescé, mais cette simple conversation avec son éditrice avait suffi à nourrir la bête immonde qui bloquait sa respiration. Elle avait la certitude grandissante que bientôt elle serait découverte. Son imposture serait révélée au monde lorsqu'on se rendrait compte de son incapacité, de son impossibilité à récréer une œuvre comparable à son premier roman. Elle rêvait parfois qu'Anne l'appelait pour lui demander de rendre ce qui ne lui appartenait pas. Elle se réveillait alors en sueur et restait assise sur son lit, les yeux dans le vague, incapable de se mouvoir ou de faire quoi que ce soit qui aurait pu rompre cet état de torpeur dans lequel elle s'enfonçait. Elle repensait au dictaphone et se demandait si François, lui aussi, voyait derrière l'illusion. Avait-il compris, souhaitait-il la prendre en défaut, la confronter à ce qu'elle refusait ?

Elle se noyait dans une paranoïa de plus en plus invalidante, qui trouva son paroxysme lorsqu'elle comprit qu'il lui manquait deux carnets. Elle les essaimait autour d'elle sans réellement s'en préoccuper, elle en avait dans son sac, dans son bureau, mais connaissait néanmoins leur nombre exact et ce qu'ils contenaient. Ceux qui avaient disparu renfermaient ses notes sur son prochain roman, des phrases auxquelles elle avait pensé, des titres possibles, quelques croquis aussi. C'était un embryon d'univers, la graine qu'elle gardait pour elle, jalousement, jusqu'à ce qu'elle soit prête.

Elle chercha partout, retourna ses tiroirs, sa commode, elle finit même par frapper à la porte de Virginie pour lui demander si elle ne les avait pas, elle avait perdu tout discernement et commençait à avoir le vertige. Elle repensa à Claire, essaya de déterminer si, pendant leur rendez-vous, elle aurait eu le temps de lui subtiliser ses carnets. Elle avait l'impression d'être seule dans l'arène, face à une armée sans visages qui voudrait sa fin. Elle appela François et lui laissa un message incohérent, c'était une suite de mots sans lien les uns avec les autres, comme des milliers de guerriers qu'elle aurait envoyés au front : pour la défendre.

Elle finit par retrouver une boîte de Xanax oubliée au fond d'un tiroir, on lui en avait prescrit après son premier effondrement, lorsque Jade était morte. Elle l'avait remisée quelque part et avait tiré son salut ailleurs. Elle avala un comprimé sans eau, sans rien, elle avait voulu le sentir racler le fond de sa gorge, comme si la douleur confirmait son efficacité. Elle s'assit au bord de sa baignoire et attendit les premiers effets, elle avait lu quelque part que le Xanax agit vite, dans les minutes qui suivent son ingestion. Mais elle n'en était plus sûre. Elle n'était plus sûre de rien.

La vision de la tombe de Jade lui revint alors en mémoire, elle revit très précisément la plaque, les fleurs fanées, et surtout la banalité, la tristesse de ce corps sous terre. Car Jade redevenait un corps, elle retrouvait sa peau, ses membres, elle retrouvait la consistance que Marie lui avait longtemps refusée. Il avait été facile de se désolidariser de sa mort, de n'en faire qu'une idée, une abstraction qui ne la touchait pas. Il avait été facile de nier Jade jusqu'à ce qu'elle disparaisse. En effaçant l'adolescente, elle avait donné vie à son roman, qui était devenu cette entité pleine, entière, hésitante sur ses deux jambes, jusqu'à devenir assurée et à courir devant Marie. Pourtant, en le faisant sien, elle avait aussi touché à l'intime d'une autre, cet intime qu'elle n'arrivait pas encore tout à fait à saisir. Et ce processus d'appropriation, lent, insidieux, avait engendré une compréhension, une connexion avec Jade qui la dévorait, comme un vautour se nourrissant sur un charnier. Nier son existence devenait impossible, le poids de la culpabilité la guettait, insupportable, invivable.

Elle sentit son corps devenir plus léger, elle se leva. Elle se regarda dans le miroir et eut l'impression de voir enfin clair. Puis elle se laissa tomber sur son lit et sombra dans un sommeil sans rêves.

# – 27 –

Elle s'était réveillée le lendemain après-midi avec une barre au milieu du crâne. Elle fila sous la douche et frotta son corps avec l'une de ces éponges rondes et colorées que l'on trouve en parfumerie pour exfolier, hydrater, etc. Elle l'appuya sur sa peau, d'abord doucement, puis elle s'employa à frotter de plus en plus fort jusqu'à ce que son épiderme se mette à rougir. Elle eut alors l'impression de s'être nettoyée des événements des jours précédents et ressentit un certain soulagement.

Quand elle revint dans sa chambre, elle trouva un message de François, qui lui demandait des explications. Elle s'assit sur son lit et se mit à pianoter sur son écran, elle s'excusait, elle avait bu et ne savait plus ce qu'elle faisait. Il lui répondait avec sollicitude, s'inquiétait pour elle et voulait la voir. Il lui proposait même de chercher ensemble ses carnets, au cas où il les aurait pris sans faire attention, il possédait lui-même des carnets du même genre et pouvait s'être trompé. Il l'invita à passer la soirée chez lui, il cuisinerait et s'occuperait d'elle jusqu'à ce qu'elle aille mieux. Était-ce parce qu'il sentait qu'elle lui échappait qu'il l'autorisa enfin à entrer dans cette zone qu'il avait gardée secrète depuis le début de leur relation ? Marie réaliserait plus tard que ce n'était qu'un moyen de plus de la garder sous sa surveillance.

Mais pour elle, à cet instant, il était redevenu cet homme charmant qui l'avait sauvée d'une joute verbale désagréable au Salon du livre et qui lui permettait d'exister à travers ses yeux. Elle croyait encore qu'elle disparaîtrait, qu'elle se désagrégerait dans un univers fade si François sortait de sa vie. Il avait répondu à cette faille béante présente en Marie, mais aussi en chacun d'entre nous : le besoin de savoir que, malgré le nombre infini de possibilités humaines, il existe quelqu'un pour nous confirmer que nous sommes uniques, individus exclusifs dans une mer de corps aux contours flous.

Il habitait à une trentaine de minutes en voiture de Bordeaux dans cette vieille maison en bord de Jalle dont il lui avait parlé. C'était un bâtiment gris, uniforme, qui se dressait au milieu d'une allée de chênes aux feuilles jaunies. Marie se gara le long d'un chemin sablonneux et parcourut à pied les quelques mètres qui la séparaient de la maison. Elle passa devant une boîte aux lettres éventrée et recouverte de lierre sur laquelle elle put lire un nom qu'elle ne connaissait pas, Girard. Elle imagina un moment l'ancien propriétaire qu'elle visualisa ermite, misanthrope, et qui avait probablement terminé sa vie éloigné de tous dans cette bâtisse aux allures de mausolée. François l'attendait sur le seuil, il portait un tablier brodé d'une inscription humoristique : « C'est moi le chef, ici. » Une relique peut-être de son ancienne vie, où il buvait des verres de vin avec sa femme et évoluait dans un monde où ce genre de tablier avait sa place. Que lui était-il arrivé pour qu'il devienne à ce point cynique ?

Il l'embrassa et elle le suivit dans un couloir aux murs vert émeraude, avant de déboucher dans un vaste salon, dont la porte vitrée donnait sur un jardin en friche.

— Bienvenue dans ma grotte, dit-il d'un ton qu'il voulut joyeux.

Il la fit asseoir sur un canapé au cuir usé et lui servit un verre de punch qu'il avait préparé lui-même. Il lui raconta encore l'achat de la maison aux enchères à un prix dérisoire à la suite de la mort du dernier héritier, et le temps qui lui manquait pour ses travaux. Puis il reprit de ses nouvelles, attendit qu'elle s'ouvre à lui, qu'elle lui explique ce qu'elle avait fait en son absence. Il la pressait de questions, espérait des détails, parfois infimes, sur toutes ces choses qui se passaient lorsqu'il n'était pas là. Il pansait consciencieusement des blessures qu'il devinait, occupait l'espace vide comme ces animaux qui grandissent en fonction de l'espace qu'ils ont autour d'eux. Jusqu'à devenir indispensable, irremplaçable.

Marie se laissa aller dans ses bras, elle ne dit rien mais posa sa tête sur son épaule. Une partie d'elle-même s'en voulait d'avoir douté de lui et réduisait au silence cette autre partie reptilienne qui la pressait de fuir. Elle décida de laisser sur pause le marasme dans lequel elle avait plongé plus ou moins volontairement. François, avec ce don d'empathie presque surnaturel, devina qu'elle avait besoin de lui, il la consola et lui fit l'amour sur le canapé. Elle eut l'impression d'être une poupée dans ses bras, il bougeait ses jambes, ses bras, à sa guise, arrangeant son corps jusqu'à ce qu'il réussisse, enfin, à jouir.

Puis il la prit par la main et voulut lui montrer le jardin. Elle ne voyait que de l'herbe sèche et des plantes mourantes, mais il lui fit voir les possibilités, la renaissance au milieu de la désolation.

— C'est comme toi. Tu penses que tu n'as plus rien à dire… mais tu as encore beaucoup de travail devant toi.

Il entoura sa taille, et la rapprocha de lui.

— Tu as écrit, dernièrement ?

Elle secoua la tête, elle lui dit qu'il était insistant, que cela ne le regardait pas. Elle repensa au dictaphone et lui demanda abruptement s'il l'avait enregistrée.

Il leva les yeux au ciel et retourna dans le salon.

— Tu es vraiment fatiguée. Je m'en sers pour mes rendez-vous. Tu veux qu'on écoute ensemble ?

Il disparut derrière une porte et revint avec le dictaphone en main qu'il mit en marche. Elle entendit alors un mélange de voix indistinctes parmi lesquelles jaillissaient de temps en temps quelques termes d'architecture. Elle lui fit signe d'arrêter et se resservit du punch.

— Pourquoi je t'aurais enregistrée ? reprit-il d'une voix douce.

— Je ne sais pas. Je ne sais plus rien.

— Je pense surtout que tu es surmenée. Je suis là pour toi. J'espère que tu le sais.

Elle hocha la tête et vida son verre, avant de le remplir de nouveau. Elle avait envie de se perdre, de tourner à l'infini dans le labyrinthe qui l'habitait. Il l'invita dans la cuisine presque aussi grande que le salon, équipée d'une cuisinière en fonte, de celles que l'on voit dans les magazines de décoration. Une odeur de poulet rôti se dégageait du four, la table était mise avec en son centre un vase rempli de fleurs.

Ils mangèrent assis l'un à côté de l'autre, François lui resservait du vin, vantant les mérites de tel ou tel château, racontant les relations qu'il avait tissées avec les propriétaires, parlant de tout et de rien avec la faconde qui le caractérisait. Il noyait Marie sous cette perspective d'une vie riche et rassurante, une vie à ses côtés. Puis il revint à la charge tranquillement, il voulait savoir ce qu'elle écrivait, ce qu'elle allait faire.

— Je suis à sec, répondit-elle. Je n'écris plus.

Elle reprit la bouteille, mais il l'arrêta d'un geste.

— Et tu crois que c'est en te noyant dans l'alcool que tu retrouveras l'inspiration ?

— Je ne vois toujours pas en quoi ça te regarde.

Elle aperçut alors comme une ombre passer sur son visage. Une irrégularité sur une surface parfaitement plane.

— Tu as raison.

Essayait-il de lutter contre cette agressivité qui montait en lui, qui le submergeait ? C'est ce que Marie penserait plus tard. Mais il resta calme, les mains posées sur la table, le corps exempt de tout tressautement.

— Tu as raison, mais je ne peux pas te laisser sombrer, c'est comme ça. Je sens que tu te perds dans quelque chose, alors que tu as déjà tous les éléments à ta portée pour être sauvée.

Elle lui signifia qu'elle ne comprenait pas.

— Toutes les clés sont dans ton premier roman. Utilise-les, ose explorer, défricher. Ose aller plus loin.

— La fameuse exploration de l'intime…

Elle eut envie de hurler qu'il ne s'agissait pas de son intimité, mais de celui d'une autre. Elle voulut lui expliquer qu'elle ne pouvait s'y résoudre, s'y soumettre, car cela signifierait alors justement que c'était la fin, que son individualité se fondrait définitivement dans celle de Jade. Jade, dont le corps se décomposait à quelques kilomètres de là, Jade, qui essayait de l'entraîner vers le néant avec elle.

Elle repoussa encore la vague en buvant un autre verre de vin, elle la tint à distance en dessinant un mur friable qui ne résisterait qu'un temps.

Elle lui reparla de son projet, cette femme qui est abandonnée ; elle réussit presque à se convaincre elle-même. Elle voyait encore la porte de sortie devant elle, toujours l'espoir, à portée de main.

Il lui fit visiter le reste de la maison, lui montra sa collection de vinyles, de BD *vintage*, mais Marie avait trop bu et elle se laissa tomber sur le lit dès qu'il lui montra la chambre.

Elle passa une nuit perturbée, entrecoupée de rêves étranges. Elle crut voir François, penchée sur elle, le visage si proche du sien qu'elle pouvait sentir son souffle sur sa peau. Mais quand elle avait voulu se lever, elle en avait été incapable. Elle se réveilla avec une boule dans la gorge et descendit l'escalier pour se servir un verre d'eau dans la cuisine. François était sous la douche, elle entendait le bruit de l'eau dans les canalisations.

Elle tourna le robinet d'eau froide et posa un verre dans l'évier, puis elle ouvrit la fenêtre et observa le jardin. La maison était entourée d'un immense terrain qui descendait en pente vers la Jalle, rivière trouble qui finit sa course dans la Garonne. Elle s'imagina brièvement vivre ici avec François, planter des arbres fruitiers et organiser l'espace à sa guise, comme elle l'avait fait lorsqu'elle s'était installée avec Paul. Puis elle balaya cette idée aussitôt, il y avait chez François quelque chose qui rendait toute tentative de projection impossible.

Et c'était probablement cet aspect de sa personnalité qui l'attirait. Elle y voyait le moyen de vivre une expérience unique qui l'éloignerait enfin du spectre de Jade : la construction de l'intime, ou plutôt de son intime.

Alors que Marie tenait son verre fermement dans la main, appréciant le contact froid sur sa peau brûlante, elle distingua une silhouette au milieu des chênes, une forme noire dont elle ne réussit pas à voir le visage. Elle fit tomber son verre et, quand elle se redressa, il n'y avait plus rien, seulement cette rangée d'arbres tristes au tronc blanchi par la chaleur. Elle resta un moment devant la fenêtre, les yeux plissés, puis se baissa pour ramasser les morceaux à ses pieds. Elle se blessa en voulant les mettre à la poubelle, passa sa main sous l'eau, mais le sang continuait à couler alors elle se résolut à chercher une trousse à pharmacie. Elle monta l'escalier la main entourée d'un torchon et se dirigea vers la salle de bains. En longeant le couloir, elle aperçut une petite pièce sombre qu'elle ne se rappelait pas avoir déjà visitée. Elle poussa la porte et pénétra dans un bureau dont les meubles étaient couverts de draps blancs. Elle ouvrit quelques placards, par curiosité, pour essayer de percer l'épaisse armure dont se servait François, elle explora sans autre raison qu'une envie vague d'en savoir un peu plus. Elle tomba sur un tiroir rempli de photos, il y en avait des centaines, collées les unes aux autres, et elle découvrit dans le tiroir du dessous autant de cadres vides, parfois cassés. Elle resta interdite, puis réalisa que tous les tiroirs de la commode au fond de la pièce étaient remplis d'effets personnels, de photos, d'objets divers et variés qui témoignaient d'une vie que François semblait vouloir lui cacher.

Elle sursauta quand elle l'aperçut sur le seuil.

— Tu t'amuses bien ?

Elle lui montra sa main et le torchon qui s'était teinté de rouge.

— Je me suis coupée. Je cherchais une boîte de pansements.

Il ne voulut pas en savoir plus, mais elle le vit refermer d'un coup sec le tiroir qui était resté ouvert.

## – 28 –

Durant son retour en voiture, Marie se souvint d'une scène du film vu avec François lors de leur premier rendez-vous, *The Truman Show*. Truman, après avoir refusé de suivre une routine millimétrée jusqu'à l'excès, revient dans la banque où il travaille et tombe sur l'envers du décor : un buffet, des techniciens, et du matériel pour filmer. Elle avait eu la même impression en tombant sur cette montagne de photos dans les tiroirs de François, comme si elle avait soulevé le rideau sur une réalité cachée.

Une fois chez elle, elle prit une longue douche. La soirée de la veille lui laissait un goût amer, elle repensait au jardin déserté et à cette impression de vide lorsqu'elle avait vu la maison. Il y avait bien des disques, des tableaux, mais cette touche personnelle, ce bazar qu'on laisse un peu partout et qui témoigne de la vie qui passe manquait. François gardait tout sous scellés, avec une maîtrise qui ne supportait aucune fausse note. Lorsqu'il l'avait vue dans le bureau devant les photos, il n'avait pas bougé, il n'avait pas dit qu'elle violait son espace personnel, ou quelque chose du genre, il s'était contenté de la regarder longuement et elle avait remarqué qu'il restait dans la retenue, qu'il ne voulait rien laisser filtrer de cette carapace épaisse qui l'entourait.

Il l'avait embrassée de la même façon, lui avait promis de l'appeler le soir même pour qu'ils se revoient. Il ne lui avait pas reparlé des carnets et elle n'en avait vu aucun dans la maison.

Lorsqu'elle revint dans sa chambre, elle trouva deux messages sur son téléphone : François qui lui demandait si elle était bien arrivée et Virginie qui la conviait chez elle pour un café. Elle mit quelques minutes à répondre et vit son portable s'allumer : c'était sa voisine, encore, qui l'appelait.

*

* *

Virginie l'attendait dans sa cuisine, elle avait préparé du café glacé dans une carafe en verre. Elle salua sa voisine et l'embrassa, avant de l'inviter à la rejoindre dans le jardin.

— Tu te rappelles, quand je t'ai dit que j'avais l'impression d'avoir déjà vu ton ami ?

Marie hocha la tête, elle était exténuée et ne voyait pas où elle voulait en venir. Mais Virginie semblait réellement préoccupée, elle bougeait nerveusement les jambes et regardait autour d'elle alors qu'il n'y avait rien d'autre que les arbres et les quelques fleurs qu'elle avait réussi à faire pousser au milieu du gravier.

— J'avais vraiment l'impression de l'avoir déjà vu quelque part, et je t'ai trouvée tellement mal la dernière fois que l'on a discuté ensemble… J'ai d'abord tapé son nom sur Internet, François Martins (Marie ne croyait pas le lui avoir donné, mais garda le silence) et je ne suis tombée que sur le site société.com, avec le numéro d'immatriculation de sa société d'architecture.

Marie acquiesça, elle avait fait la même recherche et était arrivée aux mêmes résultats. François était invisible sur les réseaux sociaux et n'avait concédé que cette faible avancée sur le terrain de sa présence en ligne.

— Puis je me suis souvenue que je l'avais vu avec mon fils. J'avais cette image en tête de le voir avec Mattéo. Alors j'ai regardé sur le site de l'endroit où il suit des cours de soutien, ça s'appelle Acadomia, si tu veux vérifier.

Elle saisit sa tablette et la tendit à Marie. Elle lui montra une page détaillant l'équipe pédagogique de l'entreprise, c'était une liste déroulante avec des photos et le prénom des enseignants.

Et sous le prénom « François », elle aperçut son visage, souriant. Il n'y avait aucun doute possible.

— Je voulais t'en parler car je ne sais pas quoi en penser.

Marie demeura sidérée pendant quelques secondes, le regard irrémédiablement attiré par la photo, incapable de comprendre ce qu'elle était en train de vivre. Puis elle reprit une contenance, et se mit à sourire.

— C'est vraiment gentil, de t'inquiéter, mais François donne des cours de soutien en français, il m'en a parlé.

— En étant architecte ?

— Il dispense aussi des cours d'architecture. Et puis tu n'as pas besoin d'avoir ton Capes pour enseigner, dans ce genre de boîte.

Virginie insista un peu et Marie comprit qu'elle la pensait dans une relation toxique, ou pire.

— Ne t'inquiète pas pour moi, reprit-elle. François et moi, ce n'est pas sérieux. Je ne sais même pas si je vais le revoir. Il a beaucoup de défauts, mais crois-moi, il ne m'a jamais menti. Quand tu m'as vue la dernière fois, je venais de discuter avec mon éditrice qui me mettait la pression pour mon prochain roman. J'ai une vraie panne, en ce moment, et ça me terrifie.

Elle joua encore la comédie alors qu'à l'intérieur d'elle-même elle vivait un véritable effondrement, la destruction totale du monde dans lequel François l'avait invitée.

Elle remercia sa voisine et rentra chez elle d'un pas de plus en plus lent, car elle allait devoir affronter quelque chose qu'elle redoutait, elle avait face à elle un ennemi nouveau qu'elle n'avait pas voulu soupçonner.

*

* *

Elle n'avait pas souhaité partager son émotion avec Virginie. Elle avait gardé pour elle la honte, le trouble, la répulsion, elle avait rassemblé tout ce qu'elle avait vécu avec François et l'avait enroulé autour d'une même pelote, qu'elle avait jetée au fond d'elle-même.

Marie ouvrit son ordinateur et tapa une première fois son nom, mais ne trouva rien, toujours ces mêmes quelques lignes sur la société qu'il avait créée. Puis elle repensa aux photos dans les tiroirs, à toute cette vie qu'il avait essayé de dissimuler. Elle peinait encore à comprendre les raisons de son mensonge. Il voulait l'atteindre, de cela elle était certaine. Il montrait une curiosité presque malsaine pour son roman, pour ce qu'elle écrivait. Il l'avait attirée à lui de sorte qu'elle n'oppose aucune résistance. Il avait tissé sa toile patiemment, et maintenant elle était au centre avec lui.

Elle se remémora alors la boîte aux lettres et le nom « Girard » en lettres blanches et délavées. François lui avait dit qu'il s'agissait de l'ancien propriétaire, qui était mort sans descendance. À l'époque, elle n'avait eu aucune raison d'en douter. Elle effaça sa première recherche et pressa les touches jusqu'à ce qu'un nouveau nom apparaisse sur son écran : François Girard.

Une liste s'afficha devant elle avec plusieurs photos. La jeune femme s'attarda sur la dernière, car elle venait d'y reconnaître Jade au milieu d'autres adolescents. Et derrière elle, François : il avait la main posée sur son épaule.

Marie se rua dans sa salle de bains et pencha sa tête au-dessus des toilettes, elle vomit une bile jaunâtre qui lui brûla la gorge.

# – 29 –

Le nom de l'adolescente n'apparaissait pas. Il n'était fait mention que de l'événement, un atelier théâtre mêlant jeunes des quartiers d'éducation prioritaire et élèves d'un collège du centre-ville de Bordeaux. François était cité car il était l'instigateur de ce rendez-vous annuel qu'il animait avec d'autres enseignants du collège. Il souriait, les doigts enfoncés dans la chair de l'épaule de Jade, comme s'il essayait de faire corps avec elle. Marie observa son sourire, sa posture, et ressentit de nouveau un malaise violent. Quelque chose dans son visage lui donnait la nausée.

C'est à ce moment-là qu'elle comprit. C'est à ce moment-là que l'intime, l'essence du roman auquel elle se refusait, lui sauta à la gorge. Chaque mot lui apparut sous un jour différent. L'histoire elle-même se révéla dans toute sa banalité, dans toute sa terrible vérité. Jade avait vécu cette aventure. Jade avait écrit ces lignes pour se délivrer d'une expérience qui l'avait profondément marquée, meurtrie.

Et Marie avait laissé le roman prendre le dessus. Elle l'avait laissé étendre son ombre et grossir démesurément jusqu'à broyer Jade, jusqu'à ce qu'il ne reste plus rien d'elle. Elle leva les yeux et vit l'adolescente qui la regardait. Elle était assise sur la table du séjour, ses cheveux collés contre ses joues. Elle ferma les yeux jusqu'à ce qu'elle disparaisse, car l'adolescente avait enfin trouvé ce qu'elle avait cherché tout au long de leur relation : un accès à Marie.

Cette dernière resta prostrée pendant de longues minutes. Toutes les barrières qu'elle avait édifiées explosèrent en même temps. Il avait été illusoire de croire qu'elle avait pu s'emparer du roman de Jade sans en accueillir la genèse et l'histoire ; il avait été stupide de penser qu'elle n'en deviendrait pas la gardienne.

Marie était allongée à même le sol, son corps ondulant au rythme de la vague qui déferlait sur elle. Elle s'ouvrait douloureusement à l'idée d'une coexistence entre Jade et François, et elle revoyait sans cesse cette main agrippée comme des serres à l'épaule de l'adolescente. Son visage trahissait l'évidence, comme un cri silencieux qui ne laissait pas de place au doute.

Était-ce à cause du lien qui s'était créé entre elles que Marie avait su ? Était-ce à cause de cette connexion nouvelle, invasive, qu'elle ressentait soudain dans sa chair le vertige insoutenable décrit dans le roman de l'adolescente ?

François était le professeur de *Ceci est mon corps*. Il lui avait menti, il avait déployé autour d'elle un monde rêvé dans lequel elle s'était oubliée sans se poser de questions. Il n'avait fait que dérouler un fil qu'elle poursuivait depuis longtemps. Il n'avait fait que répondre à un besoin intrinsèque, solidement ancré en elle.

Marie comprit qu'elle n'avait jamais compté. Le roman était l'enjeu depuis le début. La question était de savoir jusqu'à quand François ferait durer cette comédie.

Car elle était sa proie ; elle avait toujours été sa proie.

*

*   *

Vingt-quatre heures plus tard, elle n'avait toujours pas pris la mesure de ce qui lui arrivait. Elle était au bord d'un précipice, acculée par François, et reculait toujours un peu plus pour éviter le saut. Elle vivait dans la pénombre, ne sortait pas. Elle voulait rester dans cet entre-deux avant d'affronter tout ce qui l'attendait.

Elle avait couché sur le papier tous les moments vécus avec François. Elle avait analysé chacune de leurs interactions, avec une démarche scientifique, pour y trouver un indice, n'importe quoi qui révélerait ce qu'il attendait d'elle. Il ne lui avait jamais réclamé d'argent, n'avait même jamais mentionné Jade. Elle se demanda plusieurs fois pourquoi il s'était rapproché d'elle au point de devenir son amant. Que pouvait-il chercher en l'attirant à lui comme il l'avait fait ? Voulait-il se venger d'elle en lui faisant vivre la même histoire que Jade ? Voulait-il l'écraser sous son poids, la réduire à être une pâle copie de l'adolescente ?

Elle se rappela le dictaphone et les deux carnets qu'elle avait perdus. François avait probablement essayé de la confronter à son imposture, peut-être avait-il déjà tenté à plusieurs reprises, mais n'y était pas encore parvenu. Alors il continuait le jeu, il poursuivait la simulation, l'enroulant toujours plus dans sa toile, injectant en elle le venin qui achèverait de la soumettre. François l'utilisait, comme il avait utilisé Jade et peut-être d'autres femmes avant elles, d'autres êtres qui n'auraient eu d'autre but que de répondre à ses désirs, fragiles et fluctuants.

Mais Marie ne se laisserait pas faire.

Elle le voyait enfin dans son atroce nudité. Elle le dépouilla de sa flamboyance, de ce feu ardent qui brûlait en lui, et ne trouva plus que les cendres froides, misérables.

Alors, la colère commença à monter en elle.

# – 30 –

L'être humain a ceci d'extraordinaire qu'il est capable, lorsqu'il pressent le danger, de mobiliser toutes ses capacités vers un but unique : sa survie.

Marie s'était relevée. Elle avait rassemblé toutes ces parties d'elle-même qui avaient explosé avec la découverte de la photo comme un portrait fragmenté, une mosaïque dont les pièces auraient été disposées sans aucune cohérence. Elle avait continué à répondre aux messages de François. Elle avait combattu la nausée qui lui vrillait le ventre dès que son nom s'affichait sur l'écran de son téléphone. Comme pour le rendre moins menaçant, elle n'avait conservé que le « F », ainsi réduit à une seule lettre, il perdait de sa réalité.

Dès que « F » la contactait, elle se montrait empressée et lui écrivait dans la minute.

Toi aussi, tu me manques.

Oui, j'ai hâte que l'on se retrouve.

Je me suis remise à l'écriture et je te ferai lire.

Il y avait quelque chose de l'ordre du jouissif à retourner l'arc narratif, à devenir maîtresse du mensonge dans lequel elle s'était laissé noyer.

*
* *

Marie avait sondé l'ensemble des sites où François apparaissait. Elle en avait dégagé patiemment un portrait, notant au fur et à mesure tout ce qu'elle apprenait dans une quête presque fiévreuse de vérité. François faisait partie de ces gens pour qui l'enseignement n'est pas un métier mais une vocation, il avait participé à des croisières pour les élèves en difficulté, était cité dans des articles sur l'égalité des chances, où il demandait plus de mixité dans les écoles, plus d'opportunités pour les jeunes des quartiers. Il avait monté une dizaine de pièces de théâtre, donnait des cours bénévolement, s'engageait pour la réussite de ses élèves.

La plupart de ces articles étaient de véritables odes à sa gloire. Sur toutes les photos, François était au centre, occupant l'espace comme si le reste et les autres dépendaient de lui. Il était le phare, la lumière brillante et aveuglante autour de laquelle se retrouvaient tous ces adolescents perdus encore dans cette période charnière, dans cet espace de flottement entre deux plaques tectoniques.

Elle dessina les contours de leur histoire, vécut leur rencontre comme s'il s'agissait d'elle, le premier baiser, la première fois, et cette ombre gigantesque qui avait englouti Jade. Sa connexion avec elle ne cessait de grandir, Marie accédait enfin à la vérité de ces pages qu'elle avait tant parcourues sans les comprendre, elle plongeait dans ce lac d'apparence si lisse qui renfermerait la vague qui l'emporterait. Elle eut besoin de se laisser submerger, de rendre les armes, pour enfin accepter l'histoire et la douleur de l'adolescente.

Il lui manquait pourtant la preuve. La pièce de ce puzzle funeste qui lui permettrait de reprendre le contrôle définitivement.

*

* *

Lorsque Marie travaillait encore à Saint-Joseph, plusieurs de ses collègues enseignaient dans d'autres établissements, on les appelait les « volants ». Ils transitaient entre différents collèges et lycées, parfois éloignés les uns des autres. On pouvait alors les voir courir dans les couloirs, leur besace au vent – c'était à cause de ces courses effrénées qu'ils avaient gagné leur surnom.

Elle s'était souvenue de l'un d'entre eux, Benjamin. Il avait été remplaçant pendant des années à Saint-Joseph avant d'obtenir sa titularisation dans le collège de Jade à l'époque où elle le fréquentait. Benjamin enseignait la physique-chimie et portait un intérêt sincère à ses élèves, avec lesquels il discutait souvent, même si son heure de cours était terminée. Il faisait partie de ces professeurs pour qui l'engagement ne s'arrête pas à la sonnerie et était connu pour son investissement associatif.

Elle trouva facilement son numéro de téléphone, grâce au portail Internet des enseignants du lycée auquel, en tant qu'enseignante en disponibilité, elle avait toujours accès. Par chance, on ne l'avait pas actualisé depuis des années. Elle lui envoya un premier message vague comme une bouteille à la mer : « Nous avons pris un café avec Claire, nous pensions à toi. Comment vas-tu ? »

Il lui répondit quelques minutes plus tard, il était heureux d'avoir de ses nouvelles et pensait souvent à ses anciens collègues, et d'autres platitudes que Marie ne lut pas. Elle entretint la relation pendant plusieurs jours encore, lui demandant des détails sur sa vie, sur ce qu'il devenait, nourrissant leur échange jusqu'à ce qu'une suite, logique, se dessine : une rencontre physique autour d'un café.

Ce fut d'ailleurs Benjamin qui le lui proposa.

Elle le rejoignit à la terrasse d'un nouveau restaurant en bord de Garonne, les tables étaient d'anciens tonneaux et les bancs des palettes peintes de toutes les couleurs. Il y avait des plantes grimpantes un peu partout qui s'enroulaient autour de larges treilles fixées aux murs.

Il n'avait pas changé. Il portait toujours un polo de couleur, un pour chaque jour de la semaine, avec un de ces pantalons de randonnée larges et pleins de poches qu'il est possible de transformer en short. Elle posa une main sur son épaule, créant déjà une certaine intimité, avant de s'asseoir en face de lui et de sortir une cigarette de son sac. Elle s'était mise à fumer plus d'un paquet par jour sans même s'en rendre compte. Tout juste remarquait-elle la diminution inquiétante de son stock qu'elle gardait dans un tiroir de son bureau.

Benjamin semblait très heureux de la voir et de lui faire découvrir cet endroit ouvert par un de ses amis. Il parla fièrement du projet derrière le restaurant, expliquant qu'une partie de la recette était reversée à diverses associations. Marie écoutait en plissant les yeux, c'était la solution qu'elle avait trouvée pour marquer physiquement son intérêt, elle voulait qu'il se sente à l'aise, qu'il la pense dans son camp. Elle lui posa d'ailleurs plusieurs questions sur l'origine du café, du sucre, et hochait la tête à chacune de ses réponses.

Elle faisait naître, patiemment, un environnement propice aux confidences.

Il réclama toutes sortes d'informations sur sa nouvelle vie de romancière, il voulait savoir si Marie connaissait tel ou tel écrivain, si elle avait rencontré ce présentateur ou cet acteur pressenti pour jouer dans l'adaptation de son livre. Elle remarqua qu'il avait suivi toute sa carrière et elle se prêta au jeu avec joie, lui parlant de choses dont il devait garder le secret, le couvrant de détails parfois inventés.

— Je suis en train de réfléchir au sujet de mon deuxième roman, déclara-t-elle d'un ton dégagé. Je suis sur plusieurs pistes, je fais des recherches…

Elle poursuivit sur sa volonté de continuer son exploration de l'adolescence, période si fragile et complexe.

— Je voulais m'inspirer de mes propres expériences… Tu sais, le lycée a été très touché par la mort de Jade Cléant, l'année dernière.

Benjamin posa une main sur la sienne et lui dit qu'il compatissait.

— Nous avons été choqués, nous aussi… Une si jeune fille, pleine de promesses…

— Justement, reprit-elle. Je me suis toujours demandé ce qui pouvait pousser une adolescente apparemment sans problèmes à mettre fin à ses jours si brutalement.

— Je ne dirais pas qu'elle était « sans problèmes ». Elle a été énormément absente lors de son année de troisième… Le collège l'avait même menacée de redoublement, si je me souviens bien. L'un de ses profs, que je connais bien, en était malade.

— Vraiment ? Je suis étonnée… Jade n'a eu aucun souci d'absentéisme à Saint-Joseph.

Elle renchérit sur tous ces signaux invisibles propres aux adolescents, qu'il est si facile d'ignorer.

— Vous aviez fini par savoir pourquoi elle s'absentait autant ?

— Je ne crois pas… Sa mère avait été convoquée… Et l'un de mes collègues s'était porté garant pour elle. Mais c'était une jeune fille perturbée.

— Ce n'était pas noté dans son dossier, pourtant.

Marie commanda deux autres cafés glacés qu'on leur apporta dans un large pichet. Elle versa délicatement son contenu dans la tasse de son ancien collègue, et lui proposa de l'accompagner pour une balade sur les quais. Elle avait lu quelque part qu'il suffisait de caler sa gestuelle sur celle de son interlocuteur pour le mettre à l'aise. Alors elle attendit qu'il se lève et le suivit au même rythme, son bras frôlant parfois le sien. Avait-elle conscience d'adopter les mêmes tactiques, les mêmes méthodes d'approche que François ? Elle avait parfaitement réussi à créer un climat de connivence et d'entente avec Benjamin qui, confortablement installé dans la relation, ne cherchait même pas à savoir où son ancienne collègue souhaitait l'amener.

Alors elle continua, implacable, inspectant chaque microévénement, auscultant chaque mimique, chaque geste qui aurait pu trahir quelque chose.

Benjamin n'avait pas eu connaissance du dossier de Jade, mais il se montra véritablement étonné qu'aucune de ses absences n'y figure. Il parla de son besoin presque pathologique de reconnaissance et du lien qu'elle voulait créer avec ses enseignants. Il avait une vision assez étriquée et caricaturale de la jeune fille, il l'avait mise dans une case, catégorisée avec toutes ces autres adolescentes qu'il ne comprenait pas.

— Elle se maquillait beaucoup. Enfin… elle faisait partie de ce genre de filles qui ont besoin d'attention.

Il dressa un portrait peu flatteur, sans finesse ni nuance. Marie crut même déceler une certaine cruauté, comme une rancœur qui affleurerait, malgré lui, à la surface de son discours.

— Tu la décris comme une adolescente difficile… Ce n'était pas du tout mon impression.

— Elle avait peut-être changé.

La conversation s'enlisait. Benjamin s'était appuyé contre la rambarde qui séparait le chemin du fleuve et avait plongé son regard dans l'eau trouble et boueuse.

— Tu comptes écrire un livre sur Jade ? demanda-t-il après plusieurs secondes de silence.

— Peut-être que je pourrais partir de son exemple et traiter d'une problématique plus universelle. J'hésite encore.

Elle s'accouda à la rambarde à côté de lui et lentement rapprocha son corps du sien.

— Tu as l'air perturbé… Je suis désolée de t'avoir rappelé des souvenirs désagréables.

Elle lui parlait très bas, presque en chuchotant, elle fabriquait la promesse d'une certaine proximité, l'assurance d'une entente, d'une compréhension entre eux.

— Cela m'intéresse, d'avoir ton point de vue, reprit-elle. Cela m'intéresse, de savoir qui était réellement Jade. Tu sais… Je me sens coupable de son suicide. Parfois je me dis que nous sommes tous coupables.

Elle s'était contentée de répéter les mots de Claire.

Il passa un bras autour de ses épaules et elle sentit, avec un certain effroi, ses hanches toucher les siennes.

— Personne n'aurait pu la sauver, tu sais. Je connais quelqu'un qui a essayé. Mais ça lui est retombé dessus… Enfin, je suis sûr qu'il regrette aujourd'hui. Parfois il n'y a rien à faire. On peut juste les accompagner jusqu'à un certain point… Mais on ne peut pas remplacer un parent défaillant ou un environnement malsain.

— Oui… Je vois ce que tu veux dire. C'est vrai que j'ai entendu quelques rumeurs.

— Elles sont toutes fausses.

Benjamin était soudain très sérieux, presque révolté.

— Elle a gâché la vie de quelqu'un de très bien. Quelqu'un d'investi qui voulait simplement l'aider… Elle a raconté des choses absurdes… Un véritable torchon, abandonné dans un bureau…

Il semblait prêt à imploser, son visage était de plus en plus rouge, et Marie aperçut de fines gouttes de sueur perler sur son front. Elle ne le brusqua pas. Elle n'essaya pas d'en savoir plus, elle conserva cette posture stable et sereine qui traduisait le détachement nécessaire pour qu'il se sente autorisé à continuer. Elle était certaine que le moindre tremblement dans sa main, le moindre signe d'étonnement ou d'intérêt auraient suffi à ce qu'il se referme comme une huître. Elle le vit serrer ses mains sur la barrière, laissant la trace de ses paumes sur le métal.

— On ne parle jamais des innocents… On ne parle que des salauds.

— Innocent de quoi ? demanda-t-elle très doucement.

— On a retrouvé une lettre de Jade dans un bureau… Un hasard stupide, vraiment… Elle l'avait glissée dans un classeur, elle s'adressait à quelqu'un du collège… C'est un remplaçant qui l'a trouvée… Et il l'a apportée directement au principal… Ça lui a gâché la vie, évidemment, personne ne sort indemne de ce genre de choses, même si elle a nié… Le doute subsiste. Alors il est parti et puis elle s'est suicidée… Un beau gâchis.

Marie lui tendit une cigarette qu'il accepta avec gratitude. Sa colère s'était apaisée, il soufflait des ronds de fumée à travers son pouce et son index.

— Est-ce que Jade accusait cette personne de quelque chose ?

Il tira plusieurs fois sur sa cigarette et haussa les épaules.

— Non… C'était plus… descriptif. Un fantasme. Elle était amoureuse, je crois. Elle était perturbée (il le répéta plusieurs fois). Elle n'avait pas de père, avait trouvé en lui quelque chose… Et il était très investi, très aimé des élèves. Elle a projeté un amour qui n'existait pas.

— Mais elle a avoué avoir menti ?

— Oui, tout de suite. Et lui était très en colère bien sûr. En colère et très triste. Une fois qu'on porte ce genre d'accusation… Heureusement, on est tous restés derrière lui… On a fait front. Et le principal aussi, finalement. Il a été très bien. Mais le mal était fait.

— Mais… sa mère n'a rien dit ?

— Elle n'a rien su. Jade a obtenu son brevet avec mention… Ce n'était pas la peine de monter l'affaire en épingle.

Marie resta silencieuse ; elle venait d'avoir la vision fugitive de Jade seule contre tous. Pas un instant Benjamin ne douta, ne questionna les faits. Elle l'imagina profondément ancré dans le monde de François ; elle l'imagina dans son ombre, comme tous les autres avaient dû l'être.

— Et cet homme… il enseigne toujours ?

Benjamin se tourna vers elle. Il la regarda et elle vit les coins de sa bouche s'étirer légèrement vers le bas, comme s'il exprimait du dégoût.

— Ne t'inquiète pas, il ne représente pas de danger pour la société. On vit une drôle d'époque…

Il leva brièvement les yeux au ciel et se remit à marcher, les mains derrière le dos. Elle continua à lui parler, mais elle sentait que la confiance s'était émoussée. Ils se quittèrent moins d'une heure plus tard sans se promettre de se revoir.

# – 31 –

Marie erra dans Bordeaux jusqu'à ce que le jour décline. Elle parcourait les rues d'un pas rapide, le corps en tension, refusant le moment où il lui faudrait s'arrêter, réfléchir, et penser au-delà de l'extension de ses muscles, au-delà de l'air qu'elle inspirait et qu'elle expirait.

Enfin, elle reprit sa voiture qu'elle avait laissée dans un parking place Pey-Berland. Malgré l'obscurité, elle crut voir, en attachant sa ceinture, la silhouette noire et encapuchonnée qu'elle avait aperçue dans le jardin de François. Elle frissonna et ravala son angoisse, essayant de lutter contre la paranoïa qui montait en elle et menaçait de l'étouffer. Elle serra les mains sur le volant et attendit que la crise passe. Elle ne possédait pas de preuves tangibles de la culpabilité de François. À moins de retrouver cette lettre évoquée par Benjamin ou une autre trace écrite, peut-être… Mais la tâche lui semblait immense et impossible. Et elle manquait de temps.

Jade n'avait pas pu tout inventer. À présent qu'elle savait, elle reconnaissait François dans chacune des pages, sentait son emprise jusqu'à l'anéantissement.

Avait-il aimé l'adolescente ? Et surtout… l'avait-il aimée, *elle* ?

Elle avait été stupide de croire qu'elle pourrait s'emparer du roman sans conséquence. Elle s'était laissé piéger, elle était enfermée et il n'y avait qu'une seule façon de s'en délivrer.

Marie déglutit et sentit la boule grossir dans sa gorge. Elle venait de tourner au rond-point qui la ramenait à Arcachon et avait la désagréable impression d'être épiée.

François l'avait-il suivie ? Qu'avait-il tiré des carnets ? L'avait-il enregistrée avec le dictaphone ?

Les questions tournaient dans sa tête dans une ronde infernale. Elle ne réussit à s'en débarrasser qu'en se servant un verre de vin rempli à ras bord. Elle le porta à ses lèvres et en but le contenu en quelques secondes, elle en fit tomber sur son pull blanc et étala la tache en la frottant machinalement avec sa main.

Puis elle s'assit à son bureau et se mit à écrire. Elle avait besoin de perspective et de recul par rapport aux événements. Elle revint sur l'envoi du manuscrit et sur ce que sa publication avait provoqué chez elle. Elle se rappela le premier appel d'Anne, cette excitation dans sa voix et la certitude pour Marie que sa vie allait changer. Puis il y avait eu la sortie du roman, les premières interviews, le succès, toutes ces choses qui lui avaient fait baisser la garde et avaient rendu le terrain propice à l'arrivée de François.

Elle eut, soudain, envie de remonter plus loin. Elle revint sur son mariage avec Paul, un 10 juin, jour de canicule insoutenable, peut-être était-ce un signe. Elle se souvenait des invités dégoulinants, de la pièce montée qu'elle avait découpée devant les flashs des appareils photo et de tous ces moments qu'elle avait cru vecteurs d'éternité. Une journée obligatoire pour que tout le reste devienne possible. Le bonheur, la normalité, la vie qui défile sans que l'on y fasse réellement attention.

C'était un destin qui l'avait rendue heureuse pendant un temps. Elle se souvenait de l'insouciance qu'elle avait ressentie alors. Comme si le monstre tapi en elle avait abdiqué. Il avait été facile de se complaire dans une certaine stabilité, de se noyer dans cette vie au périmètre délimité. Elle avait cru aimer Paul et ce quotidien construit avec lui. Mais elle avait toujours su au fond d'elle-même qu'elle était en sursis. Elle avait su qu'un jour elle aurait besoin de plus, et que Paul serait incapable de le lui donner. Jade n'avait été que le révélateur de quelque chose de préexistant et de profondément enfoui. Jade n'avait été qu'une adolescente.

Jade n'avait été que son élève.

Marie leva son stylo et resta un moment la main suspendue. Elle relut ce qu'elle venait d'écrire et réalisa qu'elle venait d'être sincère pour la première fois de sa vie.

Mais il est difficile de se confronter à soi-même.

Elle essaya alors de revenir sur sa relation avec François, analysa leurs échanges, encore et encore, revécut chacune de leurs conversations, chacune de leurs étreintes, à la différence près que ce n'était plus elle qu'elle voyait, mais Jade. Leurs deux corps étaient indissociables comme une hydre pâle et triste. Au lieu de les éloigner, le roman avait scellé leur avenir commun. Ce n'était plus un moyen, c'était un résultat, unique et définitif.

Marie serait liée à Jade pour toujours.

La jeune femme arracha les pages de son carnet et sortit son briquet. Elle rapprocha la flamme du papier et les regarda se consumer.

*
* *

Elle commença à voir Jade de plus en plus souvent. Au détour d'une rue, dans ses rêves, dans son jardin. C'était un mécanisme implacable qui s'était mis en place depuis sa visite au cimetière. Depuis la banalité de cette tombe triste et couverte de fleurs desséchées.

La jeune fille si longtemps niée, annihilée, reprenait vie. Elle suivait Marie comme une ombre, un spectre qui incarnerait sa honte et matérialiserait la culpabilité qui lui étreignait le cœur. Elle fermait les yeux et la voyait qui lui tendait son manuscrit, elle fermait les yeux et tous les moments vécus avec l'adolescente lui griffaient la peau jusqu'à ce que la douleur devienne insupportable. Elle imaginait parfois une réalité différente, une histoire inventée qui n'avait plus rien à voir avec l'originale. Elle construisait une dimension alternative, transformée, où ses rapports avec Jade n'auraient pas été assombris par sa jalousie et sa frustration. Elle s'abîmait dans des conjectures qui l'anéantissaient et qui la détruiraient si elle acceptait de s'y abandonner totalement.

Pour essayer d'y échapper, elle s'était mise à courir le long de la plage. Elle se levait aux aurores, mettait ses écouteurs, montait le volume de son téléphone au maximum jusqu'à ce qu'elle soit incapable de penser. Puis elle parcourait des kilomètres, le regard porté vers l'horizon, et ne retournait chez elle que lorsque l'épuisement l'empêchait de continuer.

Jade était là, peut-être le seul élément stable dans son univers qui s'effondrait.

## – 32 –

Marie ne laisserait pas François détruire sa vie. Que ferait-elle, s'il la dénonçait ? Que deviendrait-elle ? Elle n'avait rien. Elle pensa brièvement au scandale provoqué par la révélation de son imposture. Il n'avait pas de preuves, mais il suffisait d'un texte laissé sur les réseaux sociaux pour semer le doute. Son incapacité à écrire un deuxième roman ferait le reste.

Ou peut-être avait-il attendu pour la torturer. Il possédait un texte de Jade qui changerait tout. Seulement, il avait voulu qu'elle souffre, il avait espéré la voir sombrer.

N'était-ce pas la solution, au fond ? Avouer, confesser l'usurpation pour enfin sortir de l'ombre de Jade.

Marie enchaînait les verres de vin, elle voulait rester dans cette période de flottement, tout en sachant qu'elle devrait agir vite. François continuait à la solliciter, il l'invitait à divers événements et elle refusait en prétendant être en pleine écriture. Elle sentait pourtant qu'il devinait quelque chose. Il était de plus en plus pressant, il voulait la voir, lui parler, insistait pour l'appeler quand il avait toujours préféré les messages.

Il finit même par lui proposer de passer chez elle, ce à quoi elle répondit qu'elle s'était isolée à Paris. C'était une danse sans fin, Marie commençait à être fatiguée.

Il y avait également la honte qu'elle ressentait dès qu'elle entendait sa voix. Cette expérience, désormais dégagée de tous les artifices qui l'entouraient, lui apparaissait dans sa vérité la plus crue. Tout était faux, ce n'était qu'une pâle imitation de ce que Jade avait traversé.

Sa peau contre la sienne, le contact de sa main, de son haleine chaude, lourde, n'étaient rien.

Elle ne survivrait pas au néant. Elle ne pourrait pas retourner à cet anonymat atroce qui l'écraserait jusqu'à ce qu'elle ne soit plus qu'un point, un vague point parmi tous les autres points qui se mouvaient et vivaient dans l'indifférence la plus totale.

*

* *

Elle se déroba à la dernière seconde. Elle était en train de faire défiler ses contacts à la recherche du numéro de François quand elle ressentit le besoin presque vital d'appeler Paul. Ils ne s'étaient pas parlé depuis plus d'un an, tout juste s'étaient-ils envoyé un SMS pour leurs anniversaires respectifs. Voilà à quoi tenait maintenant leur relation, à ces quelques lignes immatérielles, qui ne méritaient même pas d'être couchées sur le papier. Elle se rappela lorsqu'au début de leur mariage Paul lui laissait des Post-it un peu partout dans le studio qu'ils partageaient à l'époque. Des « Je t'aime », « Tu me manques » collés sur le frigo ou laissés négligemment sur une table, autant de signes d'un amour tangible, incontestable. Autant de signes d'une situation simple dont il n'était pas possible de douter.

Elle ferma les yeux et essaya de retrouver cette sensation oubliée depuis longtemps, une sorte de torpeur, de langueur provoquée par la certitude d'être sur un chemin tracé dont il est impossible de dévier. N'était-ce pas plus simple, au fond ?

Elle composa son numéro et se rendit compte qu'elle le connaissait toujours par cœur. Paul décrocha à la dernière sonnerie et elle entendit sa voix étonnée, lointaine, lui répondre.

*
* *

Avait-il senti la détresse dans sa voix ? Il lui proposa de la retrouver à Arcachon le samedi suivant, dans ce restaurant qu'ils affectionnaient tant lorsqu'ils étaient en vacances. Il avait été heureux d'avoir de ses nouvelles. C'était du moins ce qu'il lui avait dit, il n'avait pas cherché à comprendre la raison qui l'avait poussée à le contacter.

Marie arriva en avance et s'installa en terrasse, les pieds dans le sable. Elle essaya de se remémorer leurs dernières vacances ensemble, mais tout était flou, à demi effacé par l'obscurité que François avait jetée sur sa vie. Comme s'il était impossible d'exister en dehors de son regard. Est-ce que Jade avait ressenti cela aussi ?

Paul apparut devant elle et lui déposa un rapide baiser sur la joue avec cet air pressé, affairé des gens qui ont quelque chose qui les attend. Sans doute voyait-il ce rendez-vous comme une parenthèse dans une routine millimétrée qui ne lui laissait que peu de temps libre. Sans doute en parlerait-il à sa nouvelle compagne le soir venu, comme un événement qui sortait vaguement des clous, une distraction dans une longue succession de moments similaires.

Il y eut un bref moment de gêne très contrôlé lorsque Marie voulut l'embrasser à son tour, elle avait tourné la tête plus vite que Paul ne l'avait anticipé et leurs bouches s'étaient frôlées. Heureusement, il s'était reculé avec agilité et célérité et ils s'étaient regardés l'air de dire « On l'a échappé belle ».

C'était donc à cela qu'était réduite leur relation.

Elle lui tendit son paquet de cigarettes mais il refusa, puis, gêné, évoqua la grossesse de sa compagne.

— Je comptais t'écrire, dit-il enfin. J'allais te l'annoncer.

— Tu n'es pas obligé, répondit-elle. Nous ne sommes plus ensemble, après tout…

Elle le regarda brièvement, remarqua le corps auparavant svelte qui s'alourdissait discrètement, la barbe de trois jours, et cette chemise imprimée que son amie avait dû choisir pour lui. Paul n'avait jamais su s'habiller, c'était quelque chose qu'elle avait aimé chez lui avant, elle trouvait cela touchant.

— Je suis contente pour toi, reprit-elle.

Elle l'interrogea sur cette nouvelle relation, apprit qu'ils s'étaient rencontrés sur son lieu de travail, elle venait d'être mutée à Bordeaux et sortait, elle aussi, d'une rupture amoureuse.

— Tout s'est enchaîné très vite…

Il hésita un moment puis ajouta :

— Nous allons nous marier à l'automne.

Marie accueillit l'information avec une certaine amertume, elle comprit que l'importance qu'elle avait un jour eue dans la vie de Paul n'existait plus. Ne subsistait que la tiédeur d'un amour passé.

Elle se reprit et essaya de donner le change, elle lui sourit et le félicita. Il sembla soulagé et se redressa lentement comme s'il se dépliait. Elle avait oublié à quel point il était grand.

— Et toi ?

Il s'intéressa à son livre, fit quelques commentaires creux, sans substance, et elle comprit qu'il ne l'avait pas lu. Il lui dit qu'elle était une « star » maintenant, qu'il était flatté qu'elle veuille encore le voir. Malgré la distance qui s'était installée entre eux, il y avait toujours cette fluidité, cette logique dans leurs rapports. Elle se sentait à l'aise, Paul avait ce côté rassurant des gens qui ne doutent pas, qui avancent sans regarder le vide qui s'étend autour d'eux. Elle se rappelait leurs longues conversations quand ils se retrouvaient le soir, ils discutaient de tout et de rien, surtout de rien, car à l'époque l'écho de leurs voix suffisait à remplir l'espace. Ces visions fugitives émergeaient comme les couleurs délavées d'une aquarelle, d'abord floues, puis de plus en plus précises, jusqu'à ce que toute leur vie commune lui revienne en mémoire.

Elle n'osa pas l'interrompre, elle n'osa pas lui dire que tout ce qu'elle avait construit partait en lambeaux, qu'elle allait mal, qu'elle s'était enfermée dans une situation probablement pire que celle qu'elle avait voulu fuir. Elle l'écoutait en silence évoquer sa nouvelle vie, il avait eu une promotion et allait passer manager, il venait d'emprunter pour acheter une maison, sa compagne souhaitait adopter un chien afin que leur enfant connaisse le bonheur d'avoir un animal. C'était une véritable logorrhée, qu'il cessa pourtant abruptement.

— Tu n'as jamais voulu de chien.

Marie leva les yeux vers lui et il lui sembla enfin qu'il la regardait. Voyait-il lui aussi leur vie commune défiler et s'imprimer en transparence sur ce lieu si familier ?

— Excuse-moi, reprit-il. C'est difficile de se revoir après tout ce temps.

Ils décidèrent de se lever et de longer le bord de mer. C'était une belle journée, chaude et ensoleillée. Ils connaissaient les plages peu fréquentées et s'y rendirent dans un silence un peu étrange, fait de phrases interrompues et de questions avortées. Tu sais que… ? Et cet endroit, tu te rappelles lorsqu'on… ?

L'évocation de leur histoire commune leur paraissait presque absurde.

Paul s'arrêta devant le stand d'un glacier et acheta deux cornets citron. Ils rejoignirent le front de mer et s'assirent au bord de l'eau.

— Tout va bien ?

Marie haussa les épaules, oui, oui, elle allait bien. Elle pensait à lui ces derniers jours, ils s'étaient quittés si vite, elle avait eu envie de le revoir.

— Je suis content de voir que tu es heureuse dans ta nouvelle vie…

— Je suis aussi ravie pour toi… Pour le bébé, ton mariage, tout ça…

— C'est bien de savoir qu'on avance tous les deux… Qu'on est passés à autre chose.

Il posa très brièvement une main sur la sienne. Ils regardèrent la mer un moment côte à côte, mais déjà loin l'un de l'autre. Ils étaient redevenus des étrangers.

Marie le raccompagna à la gare et ils se quittèrent avec le même embarras affecté que lors de leurs retrouvailles.

— Tu n'attends pas un an avant de donner des nouvelles, glissa Paul en montant dans son train.

— Et toi, n'oublie pas de m'envoyer un message quand tu deviens papa.

Ni l'un ni l'autre n'allait tenir cette promesse.

Elle observa le train quitter le quai et attendit jusqu'à ce qu'il ne soit plus qu'une tache grise sur la campagne. Elle sortit du hall et s'assit sur un banc, elle resta très droite, le dos collé contre les barreaux, ses mains pressant ses genoux.

Elle fut assaillie d'une vague de tristesse qu'elle eut grand-peine à juguler. Elle l'avait sentie monter en elle avec une certaine confusion, incapable de s'avouer qu'elle venait de perdre définitivement quelque chose, qu'une partie de son identité avait été détruite lors de l'envoi du manuscrit de Jade et que c'était irrémédiable.

Paul était le dernier lien qui la reliait à elle-même et Paul était parti.

*
* *

Après son départ, elle s'était sentie très seule. Ils avaient échoué à partager le moment d'intimité qu'elle avait espéré. Mais au fond, avait-elle réellement attendu quelque chose de cette rencontre ? Une lueur de regret dans les yeux de Paul, ou simplement la conviction d'exister encore pour quelqu'un ? Oui, c'était plutôt cela. Elle avait eu besoin de sentir qu'elle comptait encore, qu'elle ne s'était pas totalement effacée. Car elle avait l'impression de disparaître, petit à petit, et de faire corps avec le roman jusqu'à n'en devenir qu'un personnage. Elle avait l'impression de vivre dans un monde vide et ridicule, d'être elle-même sans substance, comme ces marionnettes en papier mâché qui se balancent au bout de fils invisibles.

# – 33 –

Quelques jours plus tard, alors qu'elle repoussait sans cesse cette visite à François, elle le trouva devant chez elle. Il était appuyé contre le portail, le corps souple (Marie se fit la réflexion qu'il semblait presque prêt à bondir comme un tigre). Il s'inquiétait pour elle et avait peur qu'elle ne s'enfonce dans une solitude malsaine. Elle avait besoin de vivre, de voir des gens, car c'était de là que découlait l'inspiration.

Passé la première surprise, Marie le suivit dans la maison, calant ses pas sur les siens, observant les mouvements de son dos nerveux et musclé. Il lui avait apporté du saucisson et du vin, ils allaient « prendre l'apéro » et faire une longue balade sur la plage tous les deux. François contrôlait tout, de la taille de sa rondelle de saucisson jusqu'à la manière dont elle devait le manger, selon lui il ne fallait surtout pas enlever la peau, et le vin, il fallait le boire juste avant la charcuterie, pour que les goûts puissent se mêler en bouche de la meilleure façon possible. Elle réalisait combien tous ses faits et gestes étaient jaugés, pesés, analysés, François l'avait intégrée à son monde à présent, il n'envisageait pas qu'elle puisse ne plus en faire partie.

Devinait-il qu'elle s'éloignait ?

Il était mielleux, caressant, évitant toute perturbation, toute aspérité dans cette toile lisse qu'il déployait autour d'elle. Il voulait qu'elle se sente en confiance, et que ses défenses tombent. Elle comprit enfin qu'elle était prisonnière. La solution se dessina devant elle à mesure que François remplissait son verre et le vidait. Elle le regardait boire, se resservir, boire encore. Sa liberté apparut devant elle.

Mais le moment n'était pas encore venu. Elle devait attendre, ce sentiment d'être enfin la prédatrice tapie dans l'ombre l'aida à tenir. Elle joua le jeu, rit avec lui, mais dut vaincre son propre dégoût à tenir sa main. Il insista, tourna vers elle son visage fin et parfait, elle crut déceler le doute poindre doucement, ombre fugace qui déforma ses traits de façon momentanée. Alors elle se rapprocha de lui et enroula son bras autour du sien et ils marchèrent côte à côte le long de la mer, avant de s'asseoir à l'ombre d'un imposant rocher.

— Je t'ai manqué ?

Marie hocha la tête. Bien sûr, qu'il lui avait manqué, mais il savait qu'elle était en pleine écriture et ne voulait laisser place à aucune distraction.

— J'écris sur nous, reprit-elle alors, en guettant sa réaction.

Une esquisse de sourire passa rapidement sur le visage de François, un sourire cynique et un peu triste.

— Vraiment ?

— Ce n'est pas toi qui voulais que j'explore l'intime ? Que je prenne le courage du « je » ?

— Je voulais que tu fasses honneur à ton héroïne.

— Mais ce n'était que du papier. Moi je te parle de quelqu'un de réel avec un corps, une tête. Avec un cul !

Elle le provoquait, elle brouillait les pistes, elle voulait voir jusqu'où il était prêt à aller.

— En essayant de rester dans la fiction, j'ai évité la confrontation. Tu n'es pas d'accord ?

Pour la première fois, elle le vit hésiter et perdre un peu de cette superbe qui ne le quittait jamais.

— Non, je ne suis pas d'accord, dit-il enfin. Je pense qu'il y a beaucoup plus de vrai dans ton roman que tu ne veux l'avouer.

Il s'appuya sur ses propres mots, sur ses interviews, n'avait-elle pas dit ça, et ça ? N'avait-elle pas affirmé qu'il y avait une part non négligeable de vérité dans ses écrits ?

— Ce ne sont que des articles. Moi, je te parle du réel. Je te parle de personnes, pas de personnages. L. et A. ne sont que des déformations… Des travestissements de la réalité. L. et A. vont disparaître, car ils n'ont jamais existé.

François resta interdit. Marie eut enfin la sensation d'avoir levé le voile sur quelque chose, une version de lui-même sans toutes les strates sous lesquelles il se cachait, elle était arrivée au noyau.

Il resta immobile, le regard perdu dans les vagues. Marie le vit serrer ses poings dans le sable. Puis il prit une grande inspiration et s'étira. Le moment était passé.

— Si tu le dis.

Il se leva et la regarda de toute sa hauteur, avant d'enlever son tee-shirt et de se jeter dans la mer. Il l'invita à le rejoindre. Quand elle refusa, il la tira par le bras et lui plongea la tête sous l'eau. Elle essaya aussitôt de remonter, mais elle sentait ses mains qui la maintenaient sous lui, l'empêchant de se dégager. Elle se débattit pendant ce qui lui sembla être une éternité, elle paniquait et commença à avaler de l'eau. Alors enfin, il relâcha sa pression et la prit sous les épaules pour la faire remonter à la surface. Autour d'eux, les baigneurs s'ébrouaient en riant, les enfants jouaient au ballon, personne n'avait rien remarqué d'anormal dans cet après-midi ensoleillé.

Marie mit un moment à retrouver ses esprits, elle était comme morte dans les bras de François, qui la gardait serrée contre lui.

— Tout va bien, lui glissa-t-il à l'oreille.

Elle était pantelante, peinant à faire entrer de l'air dans ses poumons.

— Je m'occupe de toi, ajouta-t-il. Tu as paniqué… Il ne faut jamais paniquer. Ce n'était qu'un jeu.

Il la ramena sur la plage et elle se laissa faire docilement. Son cœur battait à tout rompre dans sa poitrine, elle l'entendait jusque dans ses oreilles, c'était un bourdonnement qui occultait tout le reste. Elle demeura assise pendant que François la séchait en l'entourant d'une serviette.

Il répéta qu'elle avait paniqué, qu'elle aurait simplement dû rester calme, et attendre.

Marie tremblante se tourna vers lui.

— Attendre quoi ?

Il haussa les épaules.

— Que je consente à te laisser remonter.

Puis il éclata de rire, un rire joyeux et franc, qui semblait dire « Tout est pour de faux, tu es tombée dans le piège, tout ça n'est qu'une plaisanterie ». Il passa un bras autour de ses épaules et la serra contre lui. Marie resta silencieuse, secouée de spasmes nerveux qu'elle peinait à maîtriser.

Était-ce sa manière de la punir ?

La jeune femme l'observa du coin de l'œil, il semblait parfaitement serein, et s'était même mis à chantonner doucement. Quelques mois plus tôt, elle aurait probablement douté de la véracité de ce qu'elle venait de vivre.

Mais François agissait sous des impulsions bien précises, elle le savait, désormais.

Elle pensa soudainement à un passage de *Ceci est mon corps*. L'un de ceux qui avaient fait couler beaucoup d'encre lors de la sortie du roman. L. a contrarié A. en ne se rendant pas à leur rendez-vous habituel. A., magnanime, accepte de pardonner, à condition qu'elle l'attende nue dans une ruelle à côté de chez lui. L. s'exécute, mais A. se contente de la regarder de loin. Quand elle lui fait signe, il éclate de rire et rentre chez lui, la laissant seule, nue, humiliée. Puis il lui envoie ce message : « Tu m'as cru ? Ce n'était qu'un jeu. »

En lui tenant la tête sous l'eau, François lui avait signifié la même chose : lui, et lui seul, détenait le contrôle de leur relation.

Ils rentrèrent main dans la main, Marie serrait la sienne, fort, elle voulait qu'il sache. Elle voulait qu'il sente qu'il ne gagnerait pas. C'était plus fort que tout le reste, ce besoin de lui dire : « J'ai compris, et tu ne t'en sortiras pas. »

En marchant, elle aperçut Jade qui les regardait de loin, image délavée percée de toutes parts par la lumière déclinante.

La jeune femme se tourna vers elle et lui sourit.

*
* *

François la laissa devant le portail. Marie lui avait demandé de la laisser écrire, avec la promesse de lui faire lire bientôt.

— Tu ne seras pas déçu… Je te le promets.

Elle se coula dans ses bras et leva son visage vers lui.

— Embrasse-moi.

Il saisit son menton entre le pouce et l'index, c'était un geste tendre, sensuel, puis il posa ses lèvres sur les siennes.

— À bientôt ?

Marie accepta une soirée chez lui quelques jours plus tard.

Elle le regarda partir et rentra chez elle. Elle se dirigea directement vers sa salle de bains, ouvrit le tiroir de sa commode et en retira une ordonnance. Elle la rangea dans son sac et se rendit à la pharmacie la plus proche. Elle courait.

## – 34 –

Elle prit un certain plaisir à choisir les gâteaux qu'elle avait prévu d'apporter pour le dessert. Elle était entrée dans une boulangerie à la devanture attrayante, dont les murs rose bonbon apparurent comme une percée de couleur poétique parmi toutes ces maisons grises. Elle se décida pour un fraisier, elle adorait les fraises, et prit également deux opéras. Elle regarda la vendeuse déposer les pâtisseries dans une élégante boîte blanche qu'elle ferma par un petit bout de Scotch. Marie paya et sortit de la boutique ses gâteaux sous les bras. Elle marchait lentement pour ne pas les écraser, sous son autre bras, elle tenait une bouteille de rhum.

Elle avait proposé à François de faire des mojitos, lui s'occuperait du vin, il était allé au marché le matin et comptait lui faire du poisson grillé.

Elle le retrouva chez lui, il était dans la cuisine, affairé. Il avait étalé ses courses sur le large plan de travail en granit noir, Marie vit deux énormes bars aux écailles brillantes, un sac entier de légumes divers et d'autres victuailles rangées dans des pots en verre qu'il avait entreposés sur une étagère. Il la salua distraitement, lui demanda de mettre de la musique et de le rejoindre pour faire les mojitos. Marie s'exécuta, douce et passive, elle avait adopté une posture de soumission, la tête baissée, les épaules légèrement voûtées. En passant devant un miroir, elle s'arrêta ; elle voyait, en relief sur son propre visage, les traits de Jade s'imprimer en transparence, comme une feuille de calque posée à même sa peau. Elle se remémora leurs premiers échanges et comprit que l'adolescente sortait de longs mois d'assujettissement. C'était tout son corps qui s'était adapté, ses nerfs, ses tendons, modifiés en fonction de leur environnement.

Elle baissa les yeux et se concentra sur sa tâche. Sa main droite tremblait légèrement, elle la colla contre son corps et attendit que l'émotion passe. Puis elle saisit un 33 tours au hasard, François faisait partie de ces puristes qui ne supportent pas le numérique, il voulait le grain, la profondeur de l'analogique. Elle le plaça sur le tourne-disque avec des gestes mal assurés, comme si le simple fait de se mouvoir lui devenait impossible. Elle se demanda brièvement si elle en serait capable, puis la pensée passa, elle se força à sourire et rejoignit François dans la cuisine, qui était en train de lever les bars en filets.

La voix cristalline d'Ella Fitzgerald retentit alors, elle emplit la maison d'une ambiance suave, rassurante. Marie sentit sa cage thoracique s'étirer et, enfin, elle respira, une longue et profonde inspiration qui la soulagea.

— Tu as bien choisi, murmura-t-il.

Il ne la regardait pas, il se contentait d'enlever les arêtes du poisson, une à une, avec une pince métallique, glissant une main caressante sur la chair aux reflets argentés.

Marie s'assit en face de lui et le regarda faire un moment. Elle gardait le silence, ne perdurait que le bruit de la pince rythmant la musique d'Ella Fitzgerald, invitée d'honneur de ce concert particulier.

Un moment de calme avant la tempête, se dit Marie. Au-delà du cliché de sa pensée, c'était réellement ce qui était en train de se jouer. Elle savait que tout était sur le point de changer. Elle s'accrocha cependant à ces derniers instants, elle savoura les gestes de François, sa peau, la ligne de son corps sur lequel ses mains ne passeraient plus. Elle se délecta de toutes ces sensations avant de penser au reste. L'humiliation cuisante qu'il lui avait infligée. Jade. Le danger qu'il faisait peser sur sa vie, l'imposture qu'il pouvait révéler à tout moment. Jade.

Marie serra les mâchoires mécaniquement, un, deux, trois, pour se donner du courage. Puis elle mit en marche ses muscles et réussit à se lever. Elle n'était pas certaine d'en être capable. Mais la suite se déroula naturellement, la menthe qu'elle sortit de son sac, la bouteille de rhum, l'eau gazeuse… et quatre Xanax, qu'elle versa dans un verre. Puis elle recouvrit les cachets de menthe et pila, consciencieusement, jusqu'à ce qu'il n'y ait plus rien, seulement une poudre blanche, discrète, indétectable. Elle recouvrit le tout avec le reste des ingrédients et prépara son propre cocktail.

— Tu en mets, du temps.

François s'était arrêté pour la regarder, elle sentit la brûlure de ses yeux dans son dos.

— Il faut du temps pour que ce soit bon.

Il lâcha sa pince et sortit un couteau à la lame parfaitement aiguisée. Il découpa très délicatement une lamelle de poisson cru qu'il laissa ensuite sur la pointe de son couteau, chair blanche et translucide.

— Goûte-moi ça.

Il rejoignit Marie jusqu'à être tout près d'elle, puis il approcha la lame de sa bouche, elle sentit le contact de la pointe sur sa langue. François suspendit son geste, le couteau pointé sur Marie, presque comme une menace. La jeune femme accepta l'offrande stoïquement et laissa fondre la chair tendre contre son palais. François ne bougea pas, puis il plaqua ses lèvres sur les siennes, sa langue à la recherche de la sienne, s'insinuant à travers sa mâchoire close. Marie lui rendit son baiser avant de lui tendre son mojito.

François prit son verre et s'assit de nouveau devant le plan de travail. Le disque continuait à tourner, on entendait ces légères perturbations, cette espèce de rugosité du son qui lui conférait tout son charme. Marie se concentra sur la musique, repoussant les tressaillements qui agitaient son corps, comme une vague immense, incontrôlable. François regarda un moment le liquide ambré et approcha ses lèvres de la surface lisse et polie du verre. Enfin, il fit couler le liquide dans sa gorge.

Elle attendit qu'il termine son verre et s'en empara aussitôt, elle lui proposa une autre tournée qu'il accepta d'un hochement de tête. Elle répéta le même rituel, glissa quatre autres Xanax et posa son verre devant lui. Tous les muscles de Marie se relâchèrent. Elle se mit face à l'évier, ouvrit le robinet d'eau chaude et commença à laver les ustensiles qu'elle avait utilisés. Elle gratta longuement les résidus de menthe collés sur le pilon, passa son couteau sous l'eau, mit de côté le reste des citrons qu'elle n'avait pas utilisés.

Dans son dos, elle percevait toujours le bruit de François, dont les gestes semblaient de moins en moins assurés. Il fit tomber son couteau plusieurs fois et finit par se couper. Marie posa son éponge sur le comptoir et se dirigea lentement vers lui. Elle enroula une feuille de Sopalin autour de son doigt et il se laissa faire, hagard.

— Je pense que… J'ai bu trop vite… Je…

Il semblait réfléchir intensément et se mit à observer Marie. Alors qu'elle retournait vers l'évier, il ouvrit la bouche de surprise.

— Non… Non !

Il essaya de se lever, mais ne put que s'affaisser de nouveau sur son siège. Il lutta encore quelques secondes, on pouvait lire l'effroi sur son visage, ses traits autrefois si harmonieux étaient contractés, tordus.

— Tu as mis quelque chose dans mon verre.

Sa voix était redevenue calme. Il posa ses coudes sur le comptoir, déterminé à rester éveillé.

— Du Xanax, répondit-elle d'une voix égale.

Il déglutit, longuement, chaque ordre qu'il donnait à son corps se perdait dans une brume épaisse et compacte.

— Comment… ?

— Ma voisine t'a reconnue. Et la boîte aux lettres, aussi. Tu n'as pas acheté cette maison aux enchères, n'est-ce pas ?

Il fit « non » de la tête.

— C'était la maison de mon père.

Elle finit d'essuyer la vaisselle et se baissa pour la ranger dans un placard. Ses mains ne tremblaient plus.

— Le mensonge est terminé, reprit-elle.

— Le mensonge ne sera jamais terminé…

Il réussit, enfin, à se redresser.

— Tu as pris quelque chose qui ne t'appartient pas. Je l'ai su dès les premières pages car tu vois… ce manuscrit, moi aussi je l'ai eu entre les mains ! Jade me l'avait fait lire…

Il s'arrêta lorsqu'il s'entendit prononcer le prénom de l'adolescente. Il fut assailli de souvenirs qu'il n'avait plus la force mentale de repousser. Puis il l'aperçut, lui aussi, elle était assise devant lui, ses mains fines posées sur son bras. C'était un match que Jade ne pouvait pas manquer.

— J'en avais lu quelques pages… Tu ne sais même pas qui sont L. et A. Tu penses savoir, mais tu ne sais rien… Loïs et Abel… Comme Héloïse et Abélard. Tu pensais voler notre histoire… sans contrepartie ?

Dans un ultime effort, comme une dernière impulsion de son corps qui lui échappait, il se leva. Il s'avança vers Marie à grandes enjambées maladroites et entoura ses épaules de ses bras. La jeune femme frappée de stupeur fut incapable de résister. Il la recouvrit alors tout entière, il était cette lame de fond qui la noierait.

— Tu pensais pouvoir t'en tirer ? Tu pensais que je te laisserais faire ?

Il chuchotait à son oreille, elle sentait sa bouche humide contre sa peau.

— Laisse-moi…

— Tu voulais t'emparer du costume, n'est-ce pas ? Tu pensais pouvoir écrire… Mais l'écrivain explore, découpe, taille dans le vif… Et tu en es incapable, nous le savons tous les deux…

Marie se dégagea et le repoussa.

— Qu'est-ce que tu veux ?

Elle avait hurlé. François secoua la tête et se laissa glisser le long d'un mur, puis il se retrouva à terre, les jambes allongées devant lui. Alors il raconta. Il s'enfonçait dans des phrases de plus en plus confuses, mais elle comprit. La rencontre avec Jade, les premières conversations. L'admiration instantanée que lui avait portée la jeune fille. Elle lut entre les lignes, elle devina, car François avait sa propre vision de leur histoire. Jamais il n'évoqua ce qu'il n'était finalement pas en mesure de comprendre. Ou peut-être le décelait-il en filigrane, mais s'y refusait.

— J'ai dû y mettre fin, reprit-il. Elle devenait trop insistante… Elle prenait trop de place.

Il laissa retomber sa tête mollement contre sa poitrine, ses inspirations étaient de plus en plus longues, de plus en plus bruyantes. Marie s'approcha de lui et plaça l'un de ses bras autour de son cou.

— Appuie-toi sur moi.

Elle l'aida à se relever et lui fit monter l'escalier, marche par marche. Elle sentait son corps chaud contre le sien, elle sentait qu'il était de plus en plus lourd et que, bientôt, il perdrait tout à fait cette force presque surhumaine qui l'animait. Elle le conduisit dans un petit bureau au fond d'un étroit couloir et l'allongea sur un canapé qui faisait face à une large fenêtre.

Mais François refusait de capituler. Il tendit un bras, puis deux, et utilisa cette impulsion pour se redresser et se mettre en position assise. Il ressemblait à une poupée de chiffon. Pour la première fois, Marie le trouva pathétique. Et elle le lui dit, alors qu'elle se tenait devant la fenêtre.

— Tu crois qu'on est différents, toi et moi ?

Sa langue lui sembla soudainement trop épaisse pour tenir dans sa bouche. C'était un organe mou, encombrant, il entrouvrit ses lèvres et la laissa dépasser, lamentablement.

— Nous sommes les deux faces d'une même pièce, reprit-il. À nous deux…

Il ferma les yeux plusieurs fois et des larmes roulèrent sur ses joues.

— J'aurais pu t'envoyer des lettres de menace, n'est-ce pas ? Balancer des cailloux dans tes carreaux jusqu'à ce que tu craques. Mais je voulais que tu te sentes en confiance. Alors j'ai créé ce personnage, ce monde parfait autour de toi, pour que…

Il s'affaissa de nouveau et se laissa choir, la tête dans les coussins. Puis il réussit à se retourner et leva les yeux vers Marie, qui l'observait, imperturbable.

— C'était *The Truman Show*, déclara-t-il enfin.

Puis, sans pouvoir se contrôler, il se mit à rire. Son corps fut secoué de frissons, sa poitrine se soulevait de plus en plus lentement.

— Tu y as cru pendant un moment… J'ai cru que je pourrais te piéger… Que j'arriverais à réparer. Il faut réparer.

Il répéta plusieurs fois : il faut réparer, il faut réparer…

— Où sont mes carnets ? demanda-t-elle, doucement.

— Aide-moi…

Il se racla la gorge et ouvrit la bouche plusieurs fois comme un poisson hors de l'eau.

— Tu as gagné, dit-il enfin. Tu as gagné… Maintenant, aide-moi.

Il eut un dernier sursaut de lucidité. Il réalisa que, s'il laissait le sommeil le gagner, il ne se réveillerait pas. Alors il supplia, il cria, il mobilisa toutes ses forces pour reprendre l'ascendant.

— Tu ne vois pas que tu as besoin de moi… Pour écrire ton prochain roman, tu as besoin de moi…

Il continua, lui dit qu'il avait besoin d'elle comme elle aurait besoin de sa présence à ses côtés. Ils étaient désormais liés, ils le seraient toujours. Il finit par lui indiquer l'endroit où les carnets étaient rangés, il voulait l'amadouer, il voulait qu'elle ôte ce masque de cire et se mette à l'écouter enfin. Et Jade, derrière eux, regardait.

Marie récupéra ses carnets et les posa derrière elle. Puis elle se mit à genoux à côté de lui. L'adrénaline l'empêchait de penser. Jamais elle n'avait été aussi calme. Tout son corps était tendu vers ce but ultime, vers sa survie. Elle était cette proie qui prend le dessus et trouve la ligne de fuite. Elle l'apercevait devant elle, si proche ; elle ne pensait qu'à sa délivrance. Elle saisit un coussin, large et épais, et en l'approchant du visage de François, elle le vit essayer de hurler.

— Tout va bien, dit-elle simplement.

Il voulut se débattre, mais n'en eut pas la force. Marie recouvrit son visage de l'oreiller et s'appuya de tout son poids sur lui.

Elle attendit que ses jambes cessent de bouger pour relâcher sa pression.

Quand elle vit son visage figé, la dernière parcelle de son identité se brisa.

*

* *

Marie replaça l'oreiller à côté de François. Elle fouilla discrètement la maison, récupéra le dictaphone et rangea l'ensemble de ses affaires dans son sac. Elle ferma la porte doucement et ne se retourna pas. Elle ne croisa personne et conduisit jusqu'à Arcachon sans s'arrêter.

Elle avait laissé la boîte vide de Xanax en évidence dans l'une des armoires à pharmacie de François.

Quelques jours plus tard, un appel anonyme signifia la présence d'un corps dans une maison en bord de Jalle. La mort fut déclarée accidentelle, l'homme étant connu pour être isolé et dépressif, son ex-femme témoigna en ce sens. Elle ajouta même : « Je ne suis pas étonnée, j'ai toujours su que ce moment arriverait. »

L'enquête fut close au bout de deux jours.

## – 35 –

*Trois mois plus tard*

Marie était à son bureau, son ordinateur ouvert devant elle. Elle avait passé les derniers mois enfermée, elle avait prévenu Anne qu'elle ne reviendrait vers elle qu'une fois son manuscrit terminé.

L'histoire avait coulé d'elle comme un torrent, dévastateur et salvateur. Elle ne l'avait pas écrite seule. Le soir de la mort de François, elle avait enfin accueilli Jade. Cette dernière avait attendu patiemment, il était maintenant temps qu'elle regagne sa place.

Car dès l'envoi du manuscrit, Marie avait accepté la vie d'une autre. Elle avait endossé la maternité du roman sans réellement le comprendre. Elle avait cru pouvoir s'en servir sans que ce dernier se serve d'elle. Mais elle n'avait été qu'un vaisseau. Une enveloppe pour porter ce récit dont elle faisait désormais partie.

Elle s'était perdue et n'avait plus l'espoir de se retrouver.

Et dans cette identité fragmentée, piétinée, détruite, ne restait que Jade. Elle était derrière Marie, sa main tenant fermement son épaule, ses ongles s'enfonçant dans sa chair.

Marie écrivit le mot « fin » et leva la tête. Elle sourit, mais ne put empêcher les larmes de rouler le long de ses joues.

Elle avait finalement eu le courage du « je ».

# – 36 –

***Deux ans plus tard***

Karine descendit du bus avec précaution, éblouie par le soleil qui venait de percer à travers les nuages gris. Elle n'était pas retournée à Bordeaux depuis des années et remarqua avec une certaine tristesse que rien n'avait changé. Elle repéra aussitôt la petite échoppe en pierres sombres au bout de la rue David-Johnston et prit un moment pour calmer les tremblements qui commençaient à agiter ses jambes. Depuis la mort de Jade, elle était souvent prise par ce genre de crise. Son médecin disait que c'était nerveux, mais Karine savait que c'était seulement la tristesse qui demandait à sortir. Dans ces moments-là, elle arrivait à peine à marcher. Incapable d'avancer, Karine s'arrêta un moment et s'appuya d'une main contre le mur à côté d'elle.

Elle imagina soudain que Jade l'accompagnait, elle avait dix-huit ans et étudiait la littérature à la Sorbonne. Elle avait coupé ses cheveux et portait un piercing au nez que Karine détestait. Ou peut-être pas. Jade avait toujours préféré la simplicité.

C'était ce qu'elle disait parfois, quand elle rencontrait un nouveau patient à la clinique privée où elle travaillait à Toulouse. Ma fille est étudiante, elle vit à Bordeaux. Ma fille aimerait devenir professeure ou écrivaine. Elle imaginait aussi des disputes, des désaccords sur un garçon ou sur autre chose ; elle demandait conseil et pouvait parler pendant des heures de ces conversations imaginaires et rêvées avec sa fille qui n'était plus là.

Elle s'était aussi mise à lire. Cela avait commencé lorsqu'elle avait déballé les affaires de Jade dans son nouvel appartement – petit mais lumineux, avec un joli balcon sur lequel elle avait quelques plantes. Elle avait trouvé un roman dont le titre l'avait attirée, *Une vie* de Maupassant. Le style était nettement plus simple que les autres livres qu'elle avait pu trouver. Et puis, cela avait été un autre trésor, une autre découverte, car Jade avait annoté plusieurs pages, de son écriture fine et penchée, des remarques, des questions que Karine parfois caressait du bout des doigts.

L'histoire l'avait beaucoup touchée. Cette destinée sans éclat, cette résignation devant la vie qui défilait avait trouvé une résonance chez elle à laquelle elle ne s'attendait pas, elle qui n'avait jamais lu. Le soir, elle noircissait des pages et des pages sur ce qu'elle venait de lire, heureuse de s'adonner à une activité qui la rapprochait de Jade.

Après Maupassant, elle avait lu Zola, puis Balzac, qu'elle avait trouvé trop long et compliqué.

C'était un nouveau monde qui s'ouvrait à elle, un univers dans lequel elle essayait tant bien que mal de trouver sa place.

Elle faisait aussi du bénévolat dans diverses associations, se plaignait souvent, le sourire aux lèvres, de ne pas avoir une minute à elle. Puis elle rentrait le soir et arrosait ses plantes en leur murmurant des chansons douces car elle avait lu, elle ne savait plus où, que les fleurs aussi étaient sensibles aux sons.

Petit à petit, elle avait rempli le vide ; l'absence de Jade était devenue moins douloureuse.

Karine frappa quelques coups discrets à la porte de la petite échoppe et attendit, le souffle court, que Cécile, la nouvelle locataire, vienne lui ouvrir.

— Karine !

Cécile était une ancienne collègue à laquelle elle avait accepté de louer sa maison après son divorce. Aujourd'hui, Cécile voulait acheter. Karine avait accepté de venir une dernière fois à Bordeaux pour signer les papiers.

— Je suis tellement contente de te voir.

Cécile l'enlaça avec une sincérité qui lui donna envie de pleurer. Depuis combien de temps n'avait-elle pas serré quelqu'un dans ses bras ? Elle sentit très brièvement son parfum et la suivit dans le salon.

— J'espère que ce n'est pas trop dur.

— Non... Non, je crois que c'est bien que je puisse venir une dernière fois.

— Je pensais aussi... Tu veux quelque chose à boire ?

Karine accepta un verre d'eau et s'assit sur le canapé, accablée par les souvenirs, qui déferlèrent sur elle comme une pluie épaisse. Et pourtant, elle entendit le rire de Jade qui éclata dans la pièce, elle vit son sourire, les soirées qu'elle passait à lire, en chien de fusil sur le fauteuil près de la porte. Elle se rappela cette fois où elle s'était aspergée de parfum trop sucré et cette fois aussi où elle avait essayé tous les rouges à lèvres de Karine.

Elle sentit sa peau douce contre sa main lorsqu'elle lui caressait la joue ; et les couleurs, autour d'elle, lui parurent plus vives.

Jade n'avait pas disparu, elle était là, avec elle, elle serait toujours là, dans sa mémoire et dans toutes ces autres choses qui lui rappelaient sa fille, l'odeur de l'herbe coupée, les feuilles qui deviennent orange en automne et qui crissent sous la chaussure.

Cécile revint avec une liasse de feuilles qu'elle posa sur la table.

— Je me sens très bien ici, tu sais. Malgré ce qui s'est passé. Vous avez dû être très heureuses…

Elle s'arrêta, gênée.

— Oui… Oui, il y a aussi eu du bonheur… convint Karine.

Elle signa les papiers d'un air absent, absorbée par le soleil qui dansait sur le parquet. Elle savait que Jade était derrière tout cela, qu'elle n'était jamais réellement partie.

— Karine ?

La jeune femme se tourna vers son amie et lui sourit.

— J'ai longtemps hésité avant de te le donner… Mais j'ai trouvé quelque chose, il y a plusieurs mois. Un cahier qui appartenait à Jade… C'était derrière la latte de parquet cassée, tu sais, celle que tu avais fait réparer l'année dernière ?

Karine acquiesça.

— J'avais peur que ça ne réveille quelque chose… Mais je réalise maintenant que c'était idiot de ma part.

— Non… Non, je comprends.

Puis :

— J'aimerais beaucoup le lire. Tu sais… À part quelques gribouillages dans ses livres, Jade ne m'a rien laissé.

— Cela ressemble à un journal intime… mais romancé. Je crois que c'est un livre.

Elle se leva et disparut dans la chambre.

— Je ne l'ai pas lu, dit Cécile, j'ai juste feuilleté quelques pages.

Karine prit le carnet, à l'intérieur duquel se trouvaient plusieurs feuilles volantes. Elle l'ouvrit et posa sa main sur la première page, sur laquelle était écrit, au crayon bleu : *Ceci est mon corps*, première version.

Une chaleur envahit soudain la jeune femme, sans qu'elle puisse se l'expliquer.

# Épilogue

***Ceci est mon corps,* extrait**

*Et alors un jour, je m'effacerai. Je serai comme ce chuchotement que l'on entend lorsque le marteau touche la corde du piano, je me noierai dans ce moment où la note est suspendue et c'est ainsi que sera ma vie. Mais rien n'est grave, car je suis éternelle...*

*Je suis éternelle.*

# Remerciements

Je souhaite remercier les organisateurs du Prix littéraire auféminin – Michel Lafon. Je n'aurai jamais cru pouvoir un jour tenir mon roman dans mes mains. C'est chose faite aujourd'hui et je vous en suis infiniment reconnaissante.

Un grand merci aux membres du jury qui m'ont fait confiance, et à Raphaëlle Giordano, dont je n'oublierai jamais le coup de téléphone la veille de mon anniversaire…

Merci aux éditions Michel Lafon, qui m'ont accompagnée tout au long de ce chemin tortueux, compliqué, frustrant, excitant, joyeux, fou, incroyable… qu'est l'écriture d'un premier roman.

Merci aussi, surtout, à Quentin, qui a supporté mes doutes pendant ces longs mois d'écriture. Cela n'aurait pas été possible sans toi.

Merci à mon père, qui m'a fait découvrir la littérature dès que j'ai su déchiffrer une phrase… C'est avec lui que j'ai lu mes premiers classiques, et grâce à lui que j'ai eu envie, moi aussi, de créer des histoires.

Merci à ma mère, mon phare dans la tempête, boule d'énergie sans cesse en mouvement qui ne m'a jamais laissée baisser les bras.

Merci à mon frère, dont le goût pour le débat a alimenté certaines des conversations du roman.

Merci à ma grand-mère, qui a patiemment tapé à l'ordinateur ma première histoire lorsque j'avais huit ans…

Merci à mon grand-père, qui est parti depuis longtemps mais auquel je pense tous les jours… C'est à lui que je racontais mes histoires lorsque je revenais de l'école.

Et merci à tous ces auteurs, ces écrivains qui nous font rêver et transforment notre quotidien. La vie sans littérature n'est rien.

La photocomposition de cet ouvrage
a été réalisée par
GRAPHIC HAINAUT
76, rue de Nancy 59100 Roubaix

*Imprimé en France par* CPI
en mai 2023
N° d'impression : 3052854



Pocket – 92 avenue de France, 75013 PARIS

S33472/01